Stephanie Werner

Frohe Weihnachten 2

Neue Geschichten rund um Familie, Geschenke & Co.

AF176524

Stephanie Werner

Jahrgang 1973, lebt in Wiehl bei Gummersbach und ist tätig im Bereich Finanzbuchhaltung. Seit vielen Jahren schreibt sie Kurzgeschichten, Reiseberichte und Gedichte, von denen zahlreiche Texte bereits in verschiedenen Anthologien veröffentlicht wurden.

2012 erschien ihr erster Kriminalroman „Zerbrochenes Eis", der im verschneiten Norwegen spielt, 2014 der Kriminalroman „Eiskalte Seele", 2016 die Weihnachtsanthologie „Frohe Weihnachten – Familie, Geschenke & Co." und 2017 die Reiseerzählungen „Gletscher, Eis und wilde Tiere" (alle bei BoD).

Stephanie Werner

Frohe Weihnachten 2

Neue Geschichten rund um
Familie, Geschenke & Co.

Anthologie

Bibliografische Information der Deutschen Bibliothek
Die Deutsche Bibliothek verzeichnet diese Publikation in
der Deutschen Nationalbibliografie;
detaillierte bibliografische Daten sind im Internet über
http://dnb.ddb.de abrufbar

Titelfoto:	Stephanie Werner
Gesamtgestaltung, Layout:	!zeichen.seTzung -
	Uta Lösken, Reichshof
	Stephanie Werner, Wiehl
Herstellung und Verlag:	BoD – Books on Demand,
	Norderstedt

ISBN 9-783752-886979

Mias Wunschzettel

Liebes Christkind,

ich wünsche mir zu Weihnachten ganz doll einen kleinen schwarzen Hund, mit dem ich immer spielen kann. Es muss ein Junge sein, denn er soll Benny heißen. So wie mein Freund im Kindergarten.

Und dann wünsche ich mir noch ein pinkes Halsband für Benny und ein pinkes Kleid für mich.

Damit du weißt, wo du die Geschenke abgeben musst, male ich dir ein Bild von unserem Haus. Es ist gelb und hat grüne Fenster und ist das vorletzte Haus in der Straße.

„Deinen Namen musst du aber selbst drunter schreiben", sagt Marleen, nachdem sie den Brief, den ihre vierjährige Tochter diktiert hatte, fertiggestellt hat.

Langsam und konzentriert kritzelt Mia in Großbuchstaben ihren Namen unter den letzten Satz und malt ihr Haus.

„Fertig", sagt Mia nach ein paar Minuten strahlend.

„Das hast du sehr schön gemacht", lobt die Mutter. „Dann legen wir ihn jetzt nach draußen."

Mia springt von ihrem Stuhl auf, den Brief auf pinkem Papier in der Hand.

„Wir stellen dem Christkind ein Glas Milch und eine Schale Kekse dazu, damit es sich stärken kann", schlägt die Mutter vor.

„Au ja, dann freut es sich bestimmt."

Gemeinsam gehen sie auf die Terrasse und legen den Brief auf die Fensterbank. Das Glas und die Schale stellen sie darauf, damit er nicht vom Wind weggeweht wird.

„Wenn morgen alles weg ist, dann ist das Christkind hier gewesen", erklärt Marleen.

Am Abend, als Mia im Bett liegt und schläft, sitzen die Eltern im Wohnzimmer und überlegen, was sie ihrer Tochter zu Weihnachten schenken.

„Ich bin nicht dafür, dass sie jetzt schon einen Hund bekommt", sagt die Mutter. „Sie ist noch so klein und die Arbeit bleibt dann an mir hängen."

„Ich finde es auch zu früh. Wohin geben wir das Tier, wenn wir in Urlaub fahren?", stimmt der Vater zu. „Wir schenken ihr das Kleid und den Kaufladen, der ihr bei Marie so gut gefallen hat."

„So machen wir es. Dann bekommt sie wenigstens einen Wunsch erfüllt. Dazu besorgen wir noch ein paar Kleinigkeiten."

Als Marleen am nächsten Morgen ihre Tochter weckt, springt diese aufgeregt aus dem Bett. Hastig zieht sie ihre Hausschuhe an, stürmt durch das Treppenhaus hinunter ins Wohnzimmer und geht im Schlafanzug hinaus auf die Terrasse. Staunend blickt sie auf das Fensterbrett.

„Mama! Das Christkind ist wirklich hier gewesen und hat meinen Wunschzettel abgeholt. Und es hat die Milch getrunken und alle Kekse gegessen", flüstert sie ehrfürchtig.

An Heiligabend ist Mia nervös und kann kaum erwarten, bis es Zeit für die Bescherung ist. Sie hat ihr schönstes Kleid angezogen und fragt ihre Mutter jede halbe Stunde, wann sie ihre Geschenke bekommt.

Vor dem Abendessen ist es dann endlich soweit. Mia darf das Wohnzimmer betreten, in dem der Vater am Nachmittag den Weihnachtsbaum festlich geschmückt hatte. Ihre Augen leuchten, als sie die zahlreichen Päckchen unter dem prächtigen Baum erblickt. Marleen hatte sich viel Mühe gegeben und das Zubehör des Kaufladens einzeln verpackt. Mia öffnet eines nach dem anderen, reißt ungeduldig das Papier auf und wirft es in eine Ecke. Neben dem Kaufladen bekommt sie ein Kleid, ein Puzzle und eine Puppe. Als sie alles ausgepackt hat, schaut sie sich suchend um.

„Was ist los Mia?", fragt die Mutter. „Freust du dich nicht?"

„Doch. Aber wo ist Benny? Das Christkind hat meinen Wunschzettel nicht richtig gelesen!"

„Das hat es bestimmt. Aber es kann nicht alle Wünsche sofort erfüllen. Manche kann es erst zum nächsten oder übernächsten Weihnachtsfest berücksichtigen. Es muss ja schließlich noch andere Kinder beschenken."

Als sie später gemeinsam Raclette essen und Mia damit beschäftigt ist, ihr Pfännchen selber zu befüllen, ist sie schon nicht mehr so traurig.

Doch dann stößt sie einen Schrei aus. „Da!", ruft sie und deutet mit dem Zeigefinger hinüber zu den Nachbarn. „Das Christkind hat sich in der Adresse geirrt. Es hat Benny bei Patrick abgegeben."

Die Eltern schauen durch die bodentiefen Fenster hinüber ins hell erleuchtete Wohnzimmer der Nachbarn. Dort spielt der siebenjährige Nachbarsjunge mit einem kleinen schwarzen Hund. Er musste ihn tatsächlich zu Weihnachten bekommen haben, denn gestern war er noch nicht da.

„Aber Mia, es kann doch sein, dass sich Patrick auch einen Hund gewünscht hat", versucht die Mutter zu erklären.

„Nein", sagt Mia bestimmt und legt der Mutter einen Zettel und einen Stift vor. „Wir müssen dem Christkind nochmal schreiben."

Liebes Christkind,
danke für die Geschenke. Dir ist aber ein Fehler passiert. Du hast Benny bei meinen Nachbarn abgegeben. Ich wünsche mir dann für nächstes Jahr einen Hund, das kannst du dir schon mal aufschreiben. Und damit dir der Fehler nicht wieder passiert, kaufst du dir besser ein Navi.

Weihnachten mal anders

„Was hältst du davon, wenn wir dieses Jahr Weihnachten unter Palmen verbringen?" Roman schaut seine Freundin fragend an.

Nina sieht erstaunt von ihrem Krimi auf. „Du meinst, wir sollten auf die Kanaren fliegen?"

Roman schüttelt den Kopf. „Nein, in die Karibik."

„In die Karibik?"

„Ja. Mal etwas ganz anderes. Kein Schnee, keine Kälte und keine glatten Straßen." Er blickt nach draußen, wo es seit Stunden ununterbrochen schneit und die Räumfahrzeuge pausenlos damit beschäftigt sind, die Straßen frei zu halten. „Stattdessen Sommer, Sonne und Strand."

Nina grübelt. Die Idee ist gut. Sie liebt die Weihnachtszeit mit ihrer festlichen Stimmung und der festlichen Dekoration. Und sie liebt Weihnachtsplätzchen und Gänsebraten mit Rotkohl und Klößen. Doch Weihnachten in einem fremden Land zu erleben, mit anderen Bräuchen und Traditionen, ist bestimmt etwas ganz Besonderes. Das hatte sie noch nie zuvor erlebt. Einziger Wehrmutstropfen wäre, dass sie nicht mit ihren Familien feiern könnten.

„Ich finde deine Idee gut", entgegnet Nina mit leuchtenden Augen.

Roman strahlt. „Prima. Ich habe auch schon einen Vorschlag", sagt er und holt einen Katalog aus seiner Arbeitstasche.

Drei Wochen später, am 20. Dezember, steigen Nina und Roman voller Vorfreude in den Flieger nach Aruba, einer Insel der Niederländischen Antillen. Während sie jetzt noch Jeans, Pullover und Jacke tragen, befinden sich in ihrem Gepäck lediglich luftige Sommerkleidung und Badesachen.

Nina kann es kaum erwarten, bis sie auf der Karibikinsel ankommen und der Kälte in Deutschland, wo momentan Temperaturen von minus 19 Grad Celsius herrschen, entflohen sind.

Als sie nach der langen Anreise endlich das Flughafengebäude verlassen, erwartet sie strahlender Sonnenschein.

„Puh, ist das heiß", stöhnt Roman und gibt ihre Koffer dem Fahrer des Shuttle-Busses, der sie zu ihrem Hotel bringt.

„So warm habe ich es mir nicht vorgestellt", stimmt Nina zu und fächert sich mit einem Prospekt Luft zu.

Die Fahrt nach Oranjestad dauert nicht lange. Als sie im Hotel eingecheckt und ihr Zimmer bezogen haben, sind sie begeistert. Vom Balkon aus haben sie eine phantastische Aussicht auf das türkisfarbene Meer und einige der berühmten Divi Divi Bäume am Strand. Ideal, um warme karibische Abende zu verbringen.

„Lass uns die Stadt erkunden. Wir können die Koffer später auspacken", schlägt Nina vor.

„Und wenn wir ein schönes Restaurant entdecken, essen wir etwas", fügt Roman hinzu.

Nachdem beide ihre Kleidung gewechselt haben, brechen sie zum Stadtbummel auf. Bunte Häuser von einzigartiger Architektur prägen die Altstadt. Die meisten von ihnen sind sehr gepflegt und reich verziert. An der Pier hat ein riesiges Kreuzfahrtschiff angelegt, das tausende Passagiere ausspuckt. Ein paar hundert Meter weiter liegen zahlreiche Motorboote in einem malerischen kleinen Hafen.

Vor einem großen Gebäude ist mit lebensgroßen Figuren die Szene nachgestellt, in der die drei Könige Maria und Joseph Geschenke für das Jesuskind bringen. Daneben steht ein geschmückter Weihnachtsbaum.

„Irgendwie skurril, bei über 30 Grad Celsius einen Weihnachtsbaum vorzufinden", gesteht Roman.

„Stimmt. Normalerweise würden wir jetzt zu Hause welche sehen, die über und über mit Schnee bedeckt sind", erwidert Nina und wischt sich den Schweiß von der Stirn.

Kurze Zeit später kommen sie an einem Einkaufszentrum vorbei. Aus einem Geschäft erklingt Weihnachtsmusik und im Eingangsbereich steht ein Weihnachtsbaum mit roten Kugeln und zwei Rentieren davor. So schön die Stadt auch ist, nach einer Stunde kehren sie geschafft von der Hitze ins Hotel zurück. Dort essen sie im Restaurant und gehen nach dem langen Tag früh zu Bett.

Die nächsten Tage verbringen sie mit Tauchen, dem Besuch der Natural Bridge und der Alto Vista Kapelle, Bootstouren und langen Strandspaziergängen.

An Heiligabend liegen sie den ganzen Tag unter einem Sonnenschirm am Strand, lesen und beobachten die zahlreichen Ausflugsboote auf dem Meer.

„Es ist schon siebzehn Uhr", sagt Roman nach einem Blick auf seine Armbanduhr. „Um diese Zeit bereiten wir sonst alles für die Bescherung vor."

„Wenn ich ehrlich bin, kommt es mir überhaupt nicht vor, als hätten wir Heiligabend. Auch wenn in der Eingangshalle im Hotel ein Weihnachtsbaum steht und sie die ganze Zeit über

Weihnachtsmusik spielen, bei mir kommt keine Weihnachtsstimmung auf. Ich fühle mich eher wie im Sommerurlaub", gesteht Nina.

„Mir geht es genauso. Sollen wir einfach hier liegen bleiben und uns vor dem Abendessen die Geschenke geben?"

„Ja, so machen wir es." Dann wird sie nachdenklich. „Eigentlich ist für mich Weihnachten die schönste Zeit im Jahr und ich hatte mich wirklich darauf gefreut, die Feiertage in einem anderen Land bei schönem Wetter zu genießen. Doch das funktioniert nicht. Zu unserem Weihnachten gehören Kälte und Schnee. Die Lichter der Bäume draußen wirken besser und die Stimmung ist viel festlicher. Außerdem fehlt mir die Familie. Es ist, als ob Weihnachten dieses Jahr ausfällt."

„Du hast es auf den Punkt gebracht. Nächstes Jahr bleiben wir wieder zu Hause."

Kein Stress!

„Dieses Jahr schenken wir uns aber wirklich nichts", sagt Peter am Abend vor dem 1. Advent zu seiner Frau Anita. „Wir haben das zwar in den vergangenen Jahren auch gesagt und uns trotzdem eine Kleinigkeit geschenkt. Lass uns einfach die schöne Adventszeit genießen ohne das ständige Gerenne durch überfüllte Geschäfte auf der Suche nach dem passenden Geschenk. Außerdem haben wir doch alles, was wir brauchen."
Anita nickt zustimmend. „Ich bin ganz deiner Meinung. Kein Stress, einfach nur genießen."
Peter ist erleichtert. „Prima. Ich bin froh, dass wir darüber gesprochen haben und du es genauso siehst."
„Wir könnten stattdessen lieber gemütlich über Weihnachtsmärkte schlendern, in einem unserer Lieblingsrestaurants Gänsebraten essen oder ein Weihnachtskonzert besuchen."
„Das sind gute Ideen. Dann ist das also abgemacht."

Zwei Wochen später geht Peter durch die Fußgängerzone zu seinem Friseur. Zufällig fällt sein Blick auf das Schaufenster des Reisebüros, in dem sie ihre Urlaubsreisen buchen. Unwillkürlich erinnert er sich an eine Reisesendung vor zwei Monaten, die er zusammen mit Anita gesehen hatte. Dort wurde über eine Kreuzfahrt im Mittelmeer berichtet. Die Reportage hatte ihnen so gut gefallen, dass sie anschließend diese Reise auf ihre Urlaubswunschliste gesetzt hatten. Erstens waren sie noch nie auf einer Kreuzfahrt gewesen und zweitens interessieren sie die Städte auf der Route. Und jetzt hängt diese Tour als Angebot im Schaufenster.

Peters Entschluss ist schnell gefasst, der Friseur ist vergessen. Eine dreiviertel Stunde später verlässt er zufrieden das Reisebüro. In seiner Hand hält er die Buchungsbestätigung für eine Mittelmeerkreuzfahrt im Juli nächsten Jahres, in einer Balkonkabine für zwei Personen. Obwohl Anita und er eine Abmachung hatten, hatte er einfach nicht widerstehen können. Sie wird sich riesig darüber freuen, auch wenn sie sich wahrscheinlich schämen wird, dass sie kein Geschenk für ihn besorgt hat. Doch die Kreuzfahrt ist nicht nur ein Geschenk für seine Frau, sondern ebenfalls für ihn. Und sie liegt genau in dem Zeitraum, für den sie sowieso Urlaub geplant hatten. Zudem ist es das Schiff aus der Reportage. Auf den Moment, in dem Anita den Umschlag öffnet, freut er sich schon jetzt. Sie wird Augen machen …

An Heiligabend kann Peter kaum erwarten, ihr das Geschenk zu überreichen. Wird Anita vor Freude aufspringen und ihn umarmen? Oder wird sie ihm böse sein, weil er sich nicht an die Abmachung gehalten hat?

Beim Abendessen reicht ihr Peter schließlich den Umschlag.

„Ich weiß, es war anders vereinbart, aber ich konnte einfach nicht widerstehen. Ich ging an dem Laden vorbei und die Entscheidung ist ganz spontan gefallen."

„Peter! Wir hatten abgemacht …", beginnt Anita streng, doch in ihren Augen glaubt er ein Strahlen zu erkennen.

„Nun schau es dir erst einmal an. Wenn es dir nicht gefällt, kannst du immer noch mit mir schimpfen."

„Na gut. Ich habe ebenfalls einen Spontankauf getätigt", gesteht sie und reicht ihm ebenfalls ein Kuvert.

„Ach nein, mit mir schimpfen", lacht Peter. Dann beobachtet er, wie Anita die Schleife vom Umschlag löst, ihn öffnet und die Auftragsbestätigung herauszieht. Das wird eine Überraschung freut sich Peter und strahlt.

Als Anita das Blatt auseinanderfaltet und zu lesen beginnt, verfinstert sich ihre Miene von einer Sekunde auf die andere. „Bist du verrückt? Wie kannst du einfach eine solch teure Reise buchen, ohne mit mir darüber zu sprechen?", keift sie.

„Das ist eine seltsame Art, sich zu freuen", erwidert Peter enttäuscht. „Da hätte ich eine nettere Reaktion erwartet. Jede andere Frau würde ihrem Mann um den Hals fallen, wenn sie so etwas geschenkt bekäme."

Er ist verärgert. Lieblos reißt er seinen Umschlag auf und zieht genervt ein Blatt aus dem Kuvert. Dann trifft ihn beinahe der Schlag. „Das darf nicht wahr sein. Bist du irre?"

Anita zuckt mit den Schultern. „Ich wollte dir eine Freude machen."

„Warum bist du in ein anderes Reisebüro gegangen?"

„Ich wollte nicht, dass sich von unserem Reisebüro jemand verplappert, wenn du zufällig einen von ihnen auf der Straße triffst."

„Na prima. Wir haben beide die gleiche Reise gebucht. Eine davon zu stornieren wird ein teurer Spaß", knurrt Peter, holt den Urlaubskatalog hervor und liest die Geschäftsbedingungen. „Frohe Weihnachten, mein Schatz. Die Stornokosten betragen zwanzig Prozent. Was das bei einem Reisepreis von viertausend Euro bedeutet, kannst du dir ja ausrechnen."

Die entspannte Weihnachtsstimmung ist dahin, beide stochern lustlos im Essen herum. Nächstes Jahr werden sie sich wirklich nichts mehr schenken.

Ein trickreicher Plan

Lange hatte Ruth überlegt, ob sie ihre Töchter anrufen soll. Einerseits möchte sie ihnen kein schlechtes Gewissen einreden, andererseits möchte sie an Weihnachten nicht wieder allein sein. Jetzt, am 1. Advent, wo sämtliche Häuser in der Nachbarschaft beleuchtet sind und überall die festliche Stimmung zu spüren ist, überwindet sie sich und ruft bei ihrer Jüngsten an.

„Hallo Theresa, hier ist Mama", sagt Ruth, als sich ihre Tochter am anderen Ende der Leitung meldet.

„Hallo Mama. Ist etwas passiert?", fragt Theresa.

„Nein, warum sollte etwas passiert sein?"

„Na, weil du anrufst …"

„Darf ich dich nicht einfach so anrufen?" Ruth ist verärgert.

Seit ihre drei Töchter aus dem Haus sind und in ganz Deutschland verstreut leben, melden sie sich nur noch bei ihr, wenn sie etwas brauchen. Sei es Geld für den Hausbau oder Hilfe im Haushalt nach der Geburt der Kinder. Immer dann ist sie gefragt. Geht es ihnen gut, lassen sie nichts von sich hören.

Dabei wohnt sie, seit sie vor zehn Jahren mit fünfundsechzig Witwe geworden ist, ganz allein in dem großen Haus, das sie mit ihrem Mann zusammen gebaut hatte. In der Adventszeit ist die Einsamkeit besonders schlimm. Wenn Bekannte und Freunde sich auf die Weihnachtsfeiertage im Kreise ihrer Familien freuen, weiß sie, dass sie auch dann allein sein wird. Zu ihr kommt niemand. Ihre Kinder haben weder Zeit sie zu besuchen, noch sie einzuladen. Von allen drei Töchtern bekommt sie jedes Jahr ein Paket mit Geschenken, das sie bis Heiligabend liegen lässt und nach dem Gottesdienst auspackt. Aber das ist nicht dasselbe wie ein Besuch.

„Natürlich darfst du ohne Grund anrufen. So war das nicht gemeint", entschuldigt sich Theresa. „Wie geht es dir?"

„Gut und euch?"

„Wir sind wie immer im Stress. Weihnachtsfeiern in der Firma, im Golfclub, im Tennisverein."

„Und Weihnachten? Habt ihr da schon etwas vor oder wollt ihr ein paar Tage mit den Kindern zu mir kommen? Ich würde mich freuen."

„Tut mir leid, Mama. Aber das geht nicht. Heiligabend spielen die Kinder im Gottesdienst beim Krippenspiel mit, am ersten Weihnachtstag gehen wir mit Sebastians Familie zum Brunch und am zweiten Feiertag sind wir bei unseren Patenkindern eingeladen. Mal eben vierhundert Kilometer zu dir zu kommen ist einfach nicht drin."

„Schon gut, du musst dich nicht entschuldigen. War nur so eine Idee", sagt Ruth schnell. „Ich will dich auch nicht länger stören. Grüß Sebastian und die Kinder von mir. Bis bald."

Dann legt sie auf und seufzt. Sie ist enttäuscht. Bei diesem Programm bleibt für die eigene Mutter natürlich kein Platz. Bei Michaela und Katharina wird es mit Sicherheit genauso sein. Trotzdem ruft sie die beiden an.

Nach einer halben Stunde ist die Enttäuschung noch größer. Auch die beiden älteren Töchter haben die Weihnachtstage bis auf die letzte Minute verplant. Schade. Sie wird die Feiertage wieder allein verbringen.

Eine Weile denkt Ruth nach. Über ihre Situation, über die Gleichgültigkeit ihrer Familie. Sie könnte Heiligabend ins Gemeindehaus gehen. Dort findet nachmittags eine kleine Feier für diejenigen statt, die Weihnachten allein verbringen müssen. Doch das will sie nicht. Sie will nicht öffentlich machen, wie einsam sie trotz drei Töchtern ist. Nein, es muss eine andere Lösung geben. Und plötzlich hat sie eine Idee. Diese ist zwar von Boshaftigkeit geprägt, aber wenn es anders nicht funktioniert ...

Eine Woche vor Weihnachten verpackt sie wie jedes Jahr die Geschenke für die Kinder und Enkel und verschickt sie per Post. Doch dieses Jahr enthalten die Weihnachtskarten, die sie dazu legt, nicht nur Weihnachtsgrüße:

... Ich werde dieses Jahr an Heiligabend in die Kirche gehen, anschließend gibt es Gänsebraten mit Rotkohl und Klößen. Ihr wisst, wie gerne ich das esse. Wie es aussieht, wird dies mein letztes Weihnachtsfest sein. Mein Kardiologe hat mir letzte Woche mitgeteilt, dass sich meine Herztätigkeit dramatisch verschlechtert hat. Eine weitere Operation ist nicht möglich. Ich soll mich so gut es geht schonen, damit mir noch etwas Zeit bleibt. Es ist nicht zu ändern, so ist das Leben ...

Am nächsten Tag klingelt Ruths Telefon. Es ist Theresa. Sie sagt, wie leid es ihr tut, dass es ihr so schlecht geht. Sie hat bereits mit ihren Schwestern gesprochen. Alle haben ihre Termine abgesagt und kommen mit den Familien über Weihnachten nach Hause, um gemeinsam mit ihr zu feiern.

Sie braucht nichts vorzubereiten, sie bringen alle Zutaten fürs Kochen und Backen mit. Sie soll Weihnachten einfach nur genießen und sich verwöhnen lassen.

Einerseits tut es Ruth leid, dass sie ihren Töchtern mit der erfundenen Nachricht über die rapide Verschlechterung ihrer Herzkrankheit einen Schreck eingejagt hat. Andererseits ist sie überglücklich. Endlich wird ihr Haus wieder mit Leben erfüllt sein. Das wird das schönste Weihnachtsfest seit vielen Jahren. Sie muss sich in den kommenden Jahren lediglich überlegen, welche Therapie ihr so gut hilft, dass sie immer noch lebt.

Pech gehabt!

„Wenn Onkel Lothar Weihnachten wieder zu uns kommt, ziehe ich zu Oma!", sagt die dreizehnjährige Leonie trotzig und verschränkt die Arme vor der Brust.

„Ach Leonie. Lothar ist mein Bruder und gehört zur Familie. Außerdem ist es nur für eine Woche. Er hat außer uns doch niemanden", versucht ihre Mutter Andrea zu erklären.

„Warum kommt er eigentlich heute, am 2. Dezember, extra mit dem Zug von Köln nach Hamburg, wo er doch noch davon ausgeht, Weihnachten bei uns zu verbringen?", fragt ihr Mann Holger irritiert.

„Ich weiß es nicht. Er hat am Telefon lediglich gesagt, dass er mit uns reden müsse."

„Vielleicht kann er es bis Weihnachten nicht mehr erwarten und quartiert sich jetzt schon hier ein", spottet Holger. „Aber mal im Ernst. Ich habe auch keine Lust darauf, ihn wieder die ganzen Feiertage über hier zu haben. Seit zehn Jahren rückt er uns auf die Pelle und meckert an allem herum. Am liebsten würde ich in Urlaub fahren. Aber dafür fehlt uns das Geld, nachdem wir in den Sommer- und Herbstferien weggefahren sind. Dabei ist alles was ich mir wünsche, ein ruhiges Weihnachtsfest nur mit dir und Leonie."

„Das wäre mir auch lieber. Aber was soll ich machen? Ich kann ihn doch nicht so vor den Kopf stoßen und sagen, dass wir allein sein wollen."

Ihr Bruder ist wahrhaftig kein einfacher Mensch. Er ist Junggeselle, Beamter im gehobenen Dienst und wirkt ein wenig angestaubt. Humor ist für ihn ein Fremdwort. Obwohl er sehr vermögend ist, ist er überaus geizig. Seine Weihnachtsgeschenke bestehen meistens aus Werbegeschenken, die er selbst bekommen hatte. Das Schlimmste jedoch ist seine ständige Nörgelei: Die Matratze im Gästebett ist zu weich, das Kind sollte lieber zum Ballett gehen als Tennis spielen, das Kind ist zu blass, euer neues Auto ist viel zu klein und und und.

„Du sollst ihm auch nicht die Wahrheit sagen. Wir müssen uns eine Ausrede einfallen lassen. Zum Beispiel könnten wir sagen, dass wir über die Feiertage von unseren Freunden eingeladen sind."

„Aber dann ist Lothar ganz allein."

„Andrea. Er ist erwachsen. Er wird es verkraften, einmal Weihnachten allein zu verbringen. Nächstes Jahr kann er wieder kommen."

Andrea seufzt. „Also gut. Wir machen es, wie du es vorgeschlagen hast. Aber du sagst es ihm."

„Wie schön euch zu sehen", sagt Lothar, als er aus dem Taxi gestiegen ist, und nimmt nacheinander alle in den Arm. „Mensch Leonie, was hast du für ein grässliches T-Shirt an."

„Komm doch erst mal herein", sagt Andrea beschwichtigend und führt ihren Bruder ins Wohnzimmer. Ihr schlechtes Gewissen quält sie.

„Ich bin etwas in Eile, deshalb falle ich direkt mit der Tür ins Haus. Ihr werdet euch sicher fragen, warum ich Anfang Dezember einfach so bei euch hereinplatze. Es ist wegen Weihnachten …"

„Lothar, darüber wollten wir auch mit dir reden", unterbricht ihn Holger. „Es tut uns leid, aber dieses Jahr Weihnachten können wir leider nicht zusammen hier feiern. Wir haben für die Feiertage eine Einladung von unseren Freunden auf Rügen bekommen."

„Das ist ja schade." Lothar ist die Enttäuschung sichtlich anzumerken. „Andererseits muss ich dann aber kein schlechtes Gewissen haben. Es ist nämlich so: Ich bin gerade auf dem Weg zum Flughafen. Ich habe vor kurzem einen alten Schulkameraden, mit dem ich damals ziemlich gut befreundet war, nach zwanzig Jahren wiedergetroffen. Er lebt jetzt mit seiner Familie in New York und hat mich für die Adventszeit und Weihnachten zu sich eingeladen. Ich hätte euch also dieses Jahr allein lassen müssen. Als Entschuldigung dafür wollte ich euch eine Woche Winterurlaub in der Schweiz schenken. Aber das hat sich ja jetzt erledigt."

Der vernetzte Weihnachtsmann

„Bei uns läuft alles digitalisiert ab", erklärt Henrike, die Inhaberin der Weihnachtsmannagentur, bei der sich Henning beworben hat. „Mein Mann ist Programmierer und hat eine Weihnachtsmannsoftware geschrieben. Unsere Weihnachtsmänner haben kein goldenes Buch mehr, in das sie handschriftlich Informationen über die Kinder eintragen und später ablesen. In unserem goldenen Buch ist ein Tablet versteckt, auf dem alle wichtigen Infos aufgerufen werden", verkündet sie stolz.

„Aha", murmelt Henning und zieht erstaunt die Augenbrauen hoch. So etwas hatte er in zehn Jahren Arbeit als Weihnachtsmann noch nicht erlebt.

„Der Ablauf ist ganz einfach. Sie haben heute einen Einsatz im Kaufhaus in der Innenstadt. Dort sitzen sie auf einem großen, goldenen Stuhl und die Kinder kommen zu ihnen. Sie verteilen Süßigkeiten, fragen nach den Namen der Kinder und lassen sich von ihnen ihre Wünsche erzählen. Diese tippen sie dann in unserem Programm unter dem jeweiligen Kindernamen in die „Wünsche-Maske" ein. Ich habe natürlich vorher schon die entsprechenden Stammdaten mit Adresse und weiteren Informationen über das Kind angelegt, als die Eltern es bei mir für unser „Weihnachtsmann-Komplettpaket" angemeldet haben. Das beinhaltet neben dem heutigen Treffen mit dem Weihnachtsmann einen Besuch an Heiligabend bei der Familie mit Geschenkeübergabe. Wenn Sie mit dem Eintragen der Wünsche des Kindes fertig sind, speichern Sie die Daten. Im Anschluss sende ich den Eltern eine Auftragsbestätigung per E-Mail zu. Unser Programm vergibt für Heiligabend automatisch einen Termin, den Sie oder einer unserer anderen zwanzig Weihnachtsmänner übernehmen. Die Eltern bringen kurz vorher die Geschenke vorbei. Diese werden mit Barcodes versehen, diese wiederum hinter den Auftragsnummern gespeichert. Beim Packen der Geschenkesäcke werden die Barcodes eingescannt, ein Adressbeleg ausgedruckt und auf den Sack geklebt. So ist sichergestellt, dass alle Geschenke beim richtigen Kind ankommen. Unser Programm ist so intelligent, dass ich bei der Auftragsannahme eine Meldung bekomme, wenn alle Weihnachtsmänner an Heiligabend ausgelastet sind."

Henning folgt den Erklärungen der Frau mit offenstehendem Mund. Er fragt sich ernsthaft, ob sie ihn auf den Arm nehmen will.

„Außerdem berechnet das System, wenn ich einen Auftrag eingebe, die optimale Route von einem Kind zum nächsten und vergibt demnach die Termine. Das bedeutet, wenn ich die Adresse erfasse, ordnet er den Besuch demjenigen unserer Weihnachtsmänner zu, der in der Nähe dieses Ortes einen Termin hat. Für jeden Kunden, den Sie an Heiligabend besuchen, haben Sie fünfzehn Minuten. Wenn Sie dort eintreffen, rufen Sie im Programm den entsprechenden Auftrag auf. Von diesem Augenblick an läuft die Zeit. Sie müssen innerhalb der Zeitspanne etwas über das Kind sagen, die Informationen werden Ihnen auf dem Tablet angezeigt, und die Geschenke verteilen. Zwei Minuten vor Ablauf der Zeit erhalten Sie eine Meldung des Programms und Sie wissen, dass Sie sich langsam verabschieden müssen. Dann markieren Sie den

Auftrag im System als ausgeführt und bekommen den Weg und den Zeitbedarf zum nächsten Kunden angezeigt."

„Berechnet das System auch, wenn ich zur Toilette muss und wo das nächste WC ist?", spottet Henning. Er kann nicht glauben was er hört.

„Wie meinen Sie das?", fragt Henrike irritiert.

„War nicht so wichtig. Es sollte nur ein Scherz sein", winkt er ab.

„Im Programm sind natürlich auch Toleranzen hinsichtlich starker Verkehrslage für die Fahrten berücksichtigt. Wie Sie sehen, ist alles bestens organisiert, es kann nichts schief gehen. Können Sie sich denn vorstellen, für uns zu arbeiten?"

Henning überlegt. Das Ganze hört sich ziemlich skurril an. Für ihn hat der Besuch des Weihnachtsmanns etwas mit Tradition zu tun, doch in dieser Agentur wird er an die Gegebenheiten des 21. Jahrhunderts angepasst. Das gefällt ihm gar nicht. Andererseits ist die Bezahlung wesentlich besser, als bei seinen vorigen Arbeitgebern. Warum sollte er es nicht wenigstens ausprobieren?

„Ja, ich kann es mir vorstellen."

„Prima", sagt Henrike und erhebt sich von ihrem Stuhl. „Ich bringe Sie zu meinem Mann, der wird Ihnen das Programm erklären. Heute Nachmittag haben Sie dann den ersten Einsatz im Kaufhaus."

Nach verschiedenen Einsätzen in der Adventszeit ist endlich der Haupteinsatztag gekommen. An Heiligabend bekommt Henning nachmittags in der Agentur sein Tablet ausgehändigt. Dazu zehn Säcke mit Geschenken und Adressetiketten.

Er startet das Programm, das ihm den Weg zum ersten Kunden weist. Als er von der Familie in die Wohnung gelassen wird und er den Auftrag im System aufrufen will, wird der Bildschirm plötzlich schwarz. Henning zuckt erschrocken zusammen. Was ist passiert? Nervös tippt er auf dem Gerät herum, doch es tut sich nichts. Panik steigt in ihm auf. Wie soll er jetzt an die Informationen über die zu beschenkenden Kinder gelangen?

Für ein Telefonat mit der Agentur ist es zu spät, die Kinder haben ihn bereits entdeckt und laufen ihm freudestrahlend entgegen.

Jetzt muss er improvisieren. Er erzählt von seinen Rentieren, lässt sich Gedichte vortragen und verteilt anschließend die Geschenke. Als er auf die Uhr schaut sind die fünfzehn Minuten fast vorbei. Er verabschiedet sich und bekommt von den Eltern beim Hinausgehen noch ein großzügiges Trinkgeld zugesteckt, weil er seinen Job zur vollsten Zufriedenheit ausgeführt hat.

Im Hausflur versucht er das Weihnachtsmannprogramm auf seinem Tablet neu zu starten. Vergeblich. Er bekommt keinen Zugriff auf die Daten für seine Einsätze. Als er in der Agentur nach seiner nächsten Adresse fragt, kann ihm Henrike nicht weiterhelfen. Das System sei abgestürzt und wann ihr Mann den Fehler gefunden und behoben hat, könne sie nicht sagen. Zu allem Überfluss sei es nicht möglich, die Datensicherung vom Vortrag einzuspielen. Da die Büroorganisation papierlos abläuft, könne man den Weihnachtsmännern keine ausgedruckten Auftragslisten zur Verfügung stellen. Anhand der Adressetiketten auf den zugeteilten Säcken sollen nun alle Weihnachtsmänner die Haushalte in der für sie am besten abzufahrenden Route besuchen. Bei Beschwerden über Verspätungen und lückenhafte Information sollen sie sich in aller Form entschuldigen.

Henning schmunzelt. Das hochgelobte Weihnachtsmannprogramm mag zwar sehr gut strukturiert und die Digitalisierung zeit- und papiersparend sein, doch wirklich Verlass ist nur auf einen erfahrenen Weihnachtsmann, der in der Lage ist zu improvisieren und sein Programm im Kopf hat.

Konkurrenz unter Weihnachtsmännern

„Hören Sie, Sie müssen mich unbedingt noch dran nehmen. Ich habe heute Abend drei Einsätze auf Weihnachtsfeiern und kann mich kaum bewegen. Mein Nacken schmerzt fürchterlich", fleht Andreas.

Die Physiotherapeutin sieht den Mittdreißiger im Weihnachtsmannkostüm mitleidig an. „Wir haben zwar in einer halben Stunde Feierabend, aber bei dem Weihnachtsmann müssen wir wohl eine Ausnahme machen. Folgen Sie mir bitte."

Die junge Frau führt Andreas in Raum drei. „Am besten machen wir zuerst eine Fango-Packung und danach eine Massage", beschließt die Physiotherapeutin. „Machen Sie bitte den Oberkörper frei und legen sich auf die Liege."

Andreas stellt den Sack mit den Geschenken ab, zieht das Oberteil seines Kostüms und das T-Shirt aus und legt sich hin. Kurz darauf kehrt die Therapeutin mit einer Fango-Packung zurück, platziert diese auf der schmerzenden Stelle im Nacken und wickelt ihn in eine Decke. Dann lässt sie ihn allein.

Andreas atmet tief durch. Die Wärme strömt durch seinen Körper und er spürt, wie gut es ihm tut. Nach dem langen, anstrengenden Arbeitstag schlummert er nach wenigen Minuten ein.

Als er aufwacht ist es dunkel im Raum. Nur das Licht einer Straßenlampe fällt durch die Fenster hinein. Hatte die Physiotherapeutin das Licht gelöscht, damit er sich besser entspannen kann? Einen Moment lauscht er. Es ist still in der Praxis. Keine Schritte sind zu hören, keine Stimmen. Wie lange hatte er hier gelegen und geschlafen?

„Hallo?", ruft er zaghaft.

Keine Antwort.

„Hallo?", ruft er etwas lauter.

Nichts rührt sich.

„Ist da jemand?", brüllt er schließlich.

Doch dann ist klar, die nette junge Dame hatte ihn vergessen.

„So ein Mist", flucht Andreas als er versucht, sich aus seiner Decke zu befreien. Sie hatte ihn wirklich fest eingewickelt. Er wälzt sich auf der Liege hin und her, bevor es ihm endlich gelingt, seine Ummantelung zu lösen. Schnell schlüpft er in sein Weihnachtsmannkostüm und geht durch die Praxisräume. Überall ist es dunkel, die Eingangstür ist verschlossen. Er schaltet das Licht ein und sucht an der Rezeption nach einem Schlüssel. Vergeblich.

Der Blick auf die Uhr sagt ihm, dass sein erster Auftritt als Weihnachtsmann in genau zwanzig Minuten beginnen soll. Mit dem Auto benötigt er fünfzehn Minuten bis zum Veranstaltungsort. Es hat also keinen Sinn zu versuchen, die Inhaberin der Praxis ausfindig zu machen. Er muss schnell handeln.

Kurzerhand öffnet Andreas ein Fenster zur Straßenseite hin und blickt nach unten. Die Praxisräume befinden sich im ersten Stock, es ist also nicht sehr hoch. Neben dem Fenster verläuft ein Fallrohr. Perfekt! Sportlich ist er, also klettert er aufs Fensterbrett, nimmt den Sack in eine Hand und hangelt sich am Fallrohr hinab. Dabei muss er die Zähne zusammenbeißen, denn sein Nacken schmerzt nach wie vor.

„Puh, das ging besser als gedacht", murmelt Andreas, als er wieder festen Boden unter den Füßen hat. Zufrieden schultert er den Sack mit den Geschenken und will auf dem schnellsten Weg zu seinem Auto gehen.

„Das war sehr sportlich. Aber jetzt hätten wir gerne eine Erklärung für diese Aktion", sagt plötzlich eine Stimme hinter ihm.

Andreas dreht sich um. Zwei Polizeibeamte stehen ihm gegenüber.

„Es ist nicht so wie sie denken. Ich bin kein Einbrecher, ich bin der Weihnachtsmann."

„Das eine schließt das andere nicht aus. Zeigen Sie uns mal den Sack", erwidert der jüngere der Polizisten.

„Ich habe Nackenschmerzen und bin zur Physiotherapie gegangen. Aber die Therapeutin hat mich im Therapieraum vergessen und eingeschlossen, als sie Feierabend gemacht hat."

„Warum haben Sie vom Praxistelefon aus keine Hilfe gerufen?"

„Ich habe in fünfzehn Minuten meinen ersten Auftritt als Weihnachtsmann, ich musste mich schnellstmöglich befreien."

„Was haben wir denn hier? Das sieht nach der Trinkgeldkasse der Praxis aus." Der jüngere Polizist hält ein Sparschwein hoch, in dem es rappelt.

„Ich habe nichts geklaut. Das Sparschwein ist für einen meiner Auftritte."

„Und was ist hiermit?" Der Polizist hält einen Massageigel hoch. „Sie begleiten uns jetzt erst einmal aufs Revier."

„Wenn Sie mich mitnehmen, bekomme ich keine Aufträge mehr von meiner Agentur. Und ich brauche das Geld doch. Rufen Sie die Inhaberin der Praxis an, dann kann ihre Mitarbeiterin bestätigen, dass sie mich vergessen hat", fleht Andreas. Er hatte so hart für die Aufträge kämpfen müssen, denn in diesem Jahr gibt es einen Überschuss an Weihnachtsmännern.

„Das machen wir auch, aber vom Revier aus. Steigen Sie ein." Der Polizist hält ihm die Tür auf.

Als der Streifenwagen um das Praxisgebäude herumfährt, sieht Andreas die nette Physiotherapeutin im Gespräch mit einem Mann im Weihnachtsmannkostüm ohne Kapuze und Bart. Die Zornesröte steigt Andreas ins Gesicht. Um seine Vertretung heute Abend braucht er sich keine Gedanken zu machen. Dieser Weihnachtsmann ist ein Kollege aus seiner Agentur, der lediglich einen Auftrag für heute Abend bekommen und ihm wegen seiner Nackenschmerzen diese Physiotherapiepraxis empfohlen hatte.

Freundschaftsdienst

„Tom, bitte. Nur dieses eine Mal. Du wärst über die Weihnachtsfeiertage sowieso allein", fleht Marie ihren besten Freund an. „Wir hätten ein Zimmer mit phantastischem Ausblick aufs Meer, es gibt gutes Essen und exzellente Weine. Du wirst kulinarisch von morgens bis abends verwöhnt. Das magst du doch." Sie deutet auf seinen Bauchansatz.

„Marie, das ist eine Schnapsidee. Mich als deinen Freund vorzustellen, nur weil du nicht zugeben willst, dass du den Richtigen immer noch nicht gefunden hast. Es ist nicht schlimm, das einzugestehen", entgegnet Tom kopfschüttelnd. „Außerdem kann so etwas auch schief gehen."

„Ach, was soll dabei schief gehen. Es kennt dich doch niemand", wehrt Marie ab und sieht Tom erwartungsvoll an.

Seit Jahren ist es in ihrer Familie Tradition, dass sich über Weihnachten die Verwandtschaft in der Villa ihrer Eltern an der Nordsee versammelt: ihre jüngere Schwester Lisa mit ihrem Lebensgefährten, Tante Marianne mit ihrem Mann Henning, Onkel Oskar mit seiner Frau Helene und Oma Hanne. Jedes Jahr ist es ein Thema, warum Marie mit Ende dreißig noch nicht verheiratet ist, und jedes Jahr bekommt sie zu hören, dass sich ihre Schwester immer die besseren Partien geangelt hat. Gehalten haben diese Beziehungen allerdings nie lange. Maries bisherige Partner, einer war Schifffahrtskaufmann und einer Flugbegleiter gewesen, wurden in ihrer Unternehmerfamilie als nicht standesgemäß empfunden. Die Familie erwartet, dass sie einen Arzt oder Manager heiratet.

Marie ist gespannt, ob ihre Schwester noch den gleichen Lebensgefährten, einen zehn Jahre jüngeren Banker, wie im vergangenen Jahr hat. Der Kontakt zu ihr ist nicht besonders intensiv und das Auswechseln ihrer Partner geht manchmal schnell.

Tom seufzt. „Also gut. Ich komme mit. Du gibst sowieso keine Ruhe. Wann geht es los?"

„Du bist ein echter Freund! Ich hole dich dann Heiligabend um vierzehn Uhr ab."

Als Marie Tom einige Tage später abholt, instruiert sie ihn auf der fünfzehnminütigen Fahrt zur Villa. „Ich muss dich warnen. Meine Eltern und meine Schwester werden dich mit Fragen löchern. Also: Wir haben uns vor zehn Jahren am Flughafen in Hamburg kennengelernt und sind seit einem halben Jahr ein Paar. Wir gehen gerne italienisch Essen, ins Theater und besuchen Musicals."

„Wir waren noch nie zusammen im Theater", wirft Tom ein.

„Stimmt. Macht aber mehr Eindruck als ins Kino."

„Außerdem gehen wir gerne auf Vernissagen."

„Ich finde Vernissagen langweilig."

„In den nächsten drei Tagen nicht. Du wirst gleich verstehen warum."

Tom seufzt. „Auf was habe ich mich bloß eingelassen."

Kurz darauf erreichen sie die Villa. Bis auf Lisas Freund haben sich bereits alle im großen Salon versammelt.

Maries Mutter, die in ihrem goldenen Kleid mit dem Weihnachtsbaum um die Wette strahlt, empfängt sie an der Tür zum Salon. Sie mustert Tom von oben bis unten und scheint äußerst zufrieden zu sein.

Nacheinander stellt Marie Tom den einzelnen Familienmitgliedern vor. Dabei entgeht ihr Lisas bewundernder Blick nicht. Tom sieht nicht nur gut aus, sondern gibt zudem in seinem dunkelgrauen Anzug eine sportlich elegante Figur ab.

„Ihr seid so ein schönes Paar. Erzählt mal, wann und wo habt ihr euch kennengelernt?", will die Mutter wissen.

Marie seufzt. Die Fragestunde ist eröffnet.

„Wir kennen uns schon viele Jahre, aber erst vor einem halben Jahr hat es gefunkt", berichtet Marie.

„Was sind Sie von Beruf?", fragt der Vater interessiert.

„Ich bin Pilot", erzählt Tom.

„Pilot?!", wiederholt Lisa anerkennend. „Fliegst du Sportflugzeuge oder Passagiermaschinen?"

„Ich fliege überwiegend die großen Passagiermaschinen."

Lisa ist beeindruckt. Auch die Eltern scheinen von Tom angetan zu sein. Marie ist erleichtert. Endlich ein Weihnachtsfest ohne Vorhaltungen und Seitenhiebe.

„Dann kommen Sie bestimmt viel in der Welt herum?", vermutet Maries Mutter.

„Ja. New York, Rio, Sydney, London, Mailand, Vancouver, Paris, Kapstadt, Tokio. Überall bin ich bereits mehrfach gewesen."

„Wie aufregend!" Maries Mutter ist begeistert. Doch dann zögert sie. „Das heißt aber auch, dass ihr euch nicht so häufig seht."

„Das ist nicht so schlimm wie du denkst. Er hat zwischendurch immer wieder freie Tage. Außerdem bringt er mir oft etwas Schönes mit. Ein Kleid oder einen Ring.

„Und wenn ich zuhause bin, gehen wir ins Theater oder in die Oper", legt Tom nach.

„Jetzt ist aber Schluss mit der Fragerei", sagt Marie entschieden. „Wie geht es euch?"

„Gut, danke", antwortet der Vater, wendet sich aber sofort wieder Tom zu. „Spielen Sie Golf?"

„Ja. Das brauche ich, um an meinen freien Tagen abzuschalten."

Marie sieht Tom erschrocken an. Er darf seine Rolle nicht übertreiben, sonst endet der Tag tatsächlich in einem Desaster. Im Gegensatz zu Tom spielt ihr Vater Golf.

„Wir müssen unbedingt mal zusammen auf den Platz gehen."

„Das machen wir, wenn im Frühjahr das Wetter besser ist", erwidert Tom.

„Trinken Sie einen Whiskey mit mir?" Der Vater steht auf und geht zum Getränkeschrank.

„Gerne."

„Bist du verrückt? Du sollst nicht so übertreiben", flüstert Marie Tom verärgert zu. „Wenn er dir Fragen zu deiner Golfausrüstung oder zum Handicap stellt, fliegen wir auf."

„Du wolltest doch Eindruck mit mir schinden. Jetzt lass mich meine Rolle als Freund auch spielen wie ich sie für richtig halte", flüstert Tom unbeeindruckt zurück.

Dann reicht Maries Vater Tom ein Glas mit Whisky. „Sie gefallen mir, Tom. Wir werden uns gut verstehen."

In diesem Augenblick klingelt es an der Tür.

„Das wird Martin sein", sagt Lisa und steht auf.

„Ach, du hast mal wieder einen neuen Freund?", spottet Marie.

Kurz darauf kehrt Lisa mit einem dunkelhaarigen Mittdreißiger zurück.

Tom erstarrt. „Jetzt fliegt unsere Geschichte auf", raunt er Marie zu.

„Warum?"

Doch zu spät. Lisa ist bei ihrer Vorstellungsrunde bei ihnen angekommen. „Und das ist Marie, meine Schwester, mit ihrem Lebensgefährten Tom", erklärt sie.

„Hallo Tom", begrüßt ihn Martin. „Welch eine Überraschung, dich hier zu treffen. Es ist noch gar nicht lange her, dass wir uns im Fitnessstudio gesehen haben." Dann schüttelt er Marie die Hand. „Aber dass du mittlerweile auf Frauen stehst, habe ich nicht gewusst."

Alle Blicke richten sich auf Tom und Marie. Jetzt wird sie sich nicht nur Fragen zu ihrem Beziehungsstatus stellen lassen, sondern auch noch diese Inszenierung erklären müssen.

Carlottas Rache

„Ich will nicht neben Felix sitzen", sagt die siebenjährige Carlotta bestimmt, verschränkt die Arme vor der Brust und zieht eine Schnute.

Es ist der erste Weihnachtstag, an dem sich ihre Familie wie jedes Jahr mit der ganzen Verwandtschaft in einem Restaurant zum Mittagessen trifft. Darunter sind auch ihre Cousins Felix und Tim.

„Ihr Kinder sollt zusammen sitzen. Dann könnt ihr nach dem Essen Karten spielen oder Würfeln und es ist euch nicht so langweilig, wenn sich die Erwachsenen unterhalten", erklärt ihre Mutter Anja.

„Aber Felix ärgert mich immer", protestiert Carlotta.

Die Mutter sieht Felix, der bekannt für seine Streiche ist, streng an. „Es ist Weihnachten. Du wirst dich heute benehmen und Carlotta in Ruhe lassen. Ist das klar?"

„Ist klar, Chef!", antwortet der zwölfjährige Felix grinsend.

„Siehst du, er hat versprochen, dich in Ruhe zu lassen. Außerdem sitze ich an deiner anderen Seite, und wenn er dich ärgert, sagst du mir Bescheid."

Widerwillig setzt sich Carlotta auf den Stuhl neben Felix. Anja seufzt, denn sie weiß, dass ihr Neffe sich wahrscheinlich nicht an sein Versprechen halten wird. Sie kann nicht verstehen, dass ihre Schwester nicht mehr auf ihren Sohn achtet und ihm ins Gewissen redet, wenn er etwas angestellt hat. Auf der letzten Familienfeier hatte er Carlotta Kaugummi ins Haar geklebt, auf der vorletzten den Schnürsenkel ihres rechten Schuhs mit dem des linken Schuhs verknotet, während sie auf dem Sofa eingeschlafen war. Daraufhin war sie beim Aufstehen hingefallen. Dass ihre Schwester ihren Sohn daraufhin nicht zurechtgewiesen, sondern es als dummen Jungenstreich abgetan hatte, hat Anja sehr geärgert.

Carlotta hat inzwischen Malbuch und Stifte ausgepackt und malt sorgfältig und akkurat ein Pferd aus, während Felix und sein Bruder Tim Karten spielen. Nach ein paar Minuten trinkt sie von der Fanta, die ihr die Mutter bestellt hat. „Igitt, die schmeckt scheußlich", nörgelt sie und stellt das Glas wieder ab.

„Was soll das heißen?", fragt die Mutter verständnislos und probiert das Getränk. „Die schmeckt tatsächlich scheußlich." Dann sieht sie Felix strafend an. „Aber nur, weil dein lieber Cousin dir Salz hineingeschüttet hat. Ich bestelle dir eine neue."

„Hahaha." Felix lacht schallend und spielt weiter mit seinem Bruder Karten. Es stört ihn nicht, dass Anja ihn strafend ansieht.

Kurz darauf serviert die Bedienung die Vorspeise: Champignons in Knoblauchsauce. Während des Essens muss Carlotta ständig aufpassen, dass der hungrige Felix ihr keine Pilze klaut. Immer wieder versucht er mit seiner Gabel einen der Champignons aufzuspießen. Sie legt schließlich den Arm um ihren Teller, um das Essen zu schützen.

„Gib mir mal das Salz Carlotta", befiehlt Felix.

Als sie daraufhin nach dem Salzstreuer zu ihrer Rechten greift und ihn ihrem Cousin geben will, sieht sie gerade noch, wie er einen Pilz von ihrem Teller klaut und in seinem Mund verschwinden lässt.

„Mama! Felix hat mir einen Pilz geklaut", plärrt Carlotta.

„Alte Petze!", zischt Felix.

„Du hattest mir etwas versprochen!", sagt Anja streng und droht ihm mit erhobenem Zeigefinger.

Felix grinst und isst weiter. Die Ermahnungen seiner Tante beeindrucken ihn überhaupt nicht. Seine Mutter sitzt am anderen Ende des Tisches und bekommt nichts mit.

Nach einer kleinen Pause wird der Hauptgang serviert: Cordon Bleu mit Pommes Frites und Salat. Während der Zwölfjährige fünf Fritten auf einmal in den Mund stopft und noch ein großes Stück Fleisch nachschiebt, bevor er den Mund leer hat, beginnt Carlotta mit dem Salat. Den isst sie besonders gern. Als sie die Tomate aufspießt, weiten sich ihre Augen vor Entsetzen. Erschrocken starrt sie auf das obere Salatblatt, unter dem eine grüne Raupe neugierig hervorschaut. Eine Weile beobachtet sie, wie sich das Tier nach rechts und links umsieht. Was soll sie jetzt tun? Sie überlegt. Sie könnte versuchen, die anderen Salatblätter zu essen, doch immer, wenn sie sich mit der Gabel nähert, zieht sich die Raupe zurück. So ist es ihr nicht möglich zu erkennen, unter welchem Blatt sie sich versteckt hält. Die Gefahr, die Raupe mitzuessen, ist zu groß. Sie kann den Salat nicht essen.

Schließlich zupft sie ihre Mutter vorsichtig am Ärmel ihrer Bluse.

„Was ist denn Schatz?", fragt Anja.

Carlotta deutet ihrer Mutter an, sich zu ihr herunterzubeugen. Dann formt sie aus ihren kleinen Händen einen Trichter und presst ihn auf ihr Ohr.

„In meinem Salat ist eine Raupe", flüstert sie ihr zu.

„Wie bitte?" Entsetzt schaut Anja auf den Teller.

„Da", sagt ihre Tochter und deutet mit der Gabel auf die Raupe.

„Es ist gut, dass du mir das so leise gesagt hast. Wenn die anderen es gehört hätten, würde keiner mehr seinen Salat essen. Das wäre schade. Ich besorge dir einen neuen." Anja steht auf und geht zur Theke.

„Du isst deine Fritten ja gar nicht. Dann nehme ich sie mir", sagt Felix kauend und greift mit der rechten Hand auf ihren Teller.

Carlotta sieht ihren unersättlichen Cousin daraufhin nachdenklich an. „Du kannst meinen Salat auch essen. Ich habe heute nicht so viel Hunger."

„Wirklich?"

Carlotta nickt. Felix zieht den Teller sofort zu sich herüber und fällt gierig darüber her.

Kurz darauf kommt die Mutter mit der Kellnerin zurück. Diese hat einen neuen Salat in der Hand, den sie gegen Carlottas austauschen möchte.

„Wo ist der Salat mit der Raupe?", fragt Anja ihre Tochter.

„Den habe ich Felix gegeben und der hat ihn gerade aufgegessen", sagt Carlotta.

Jetzt ist sie es, die lacht, als sie beobachtet, wie Felix Augen sich vor Entsetzen weiten und er mit einem „Igitt, das ist ja ekelig" schnellen Schrittes auf der Toilette verschwindet.

Robert im Glück

Nachdenklich schlendert Robert durch die Fußgängerzone seiner Heimatstadt. Dieses Jahr zu Weihnachten möchte er seiner Frau einen Ring schenken. Doch sein Budget beträgt lediglich 150 Euro. Das ist allerdings ein Problem. Was ihm gefällt – das Schmuckstück soll schließlich wertvoll aussehen - kostet mindestens 300 Euro. Wirklich ärgerlich.

Während er darüber nachdenkt, fällt sein Blick auf ein kleines Auktionshaus. Neugierig schaut er durchs Fenster hinein und stellt fest, dass gerade eine Auktion läuft. Er überlegt. Vielleicht kann er dort ein Schnäppchen machen. Manchmal gehen wertvolle Gegenstände weit unter Wert weg.

Er betritt das Auktionshaus und schaut sich interessiert die Liste der zu versteigernden Objekte an. Neben Gemälden stehen Teppiche, Vasen und Schmuck zum Verkauf. Ein paar schöne Schmuckstücke sind dabei, deren Startgebote bei rund 100 Euro liegen. Daher entscheidet sich Robert spontan, an der Versteigerung teilzunehmen. Gespannt verfolgt er die Auktion. Einige der Vasen, Bilder und Teppiche treffen überhaupt nicht seinen Geschmack, auch nicht den der Mitbieter. Deshalb gibt es für manche Gegenstände überhaupt kein Gebot. Erst als ein Perserteppich an der Reihe ist, dessen Startgebot bei 50 Euro liegt, bieten tatsächlich einige mit. Als das Gebot bei 140 Euro liegt, schüttelt Robert den Kopf. Wie kann jemand so viel Geld für diesen hässlichen Teppich bieten?

„Wer bietet 150 Euro?", fragt der Auktionator und blickt in die Runde.

Robert rauft sich die Haare.

„Der Herr dort hinten bietet 150 Euro", sagt der Auktionator und deutet in seine Richtung.

Robert schaut sich um. Vor ihm, neben ihm, hinter ihm kein Mann. Wen meint der Auktionator? Etwa ihn? Er hat doch gar nicht die Hand gehoben! Nein, das nicht. Aber er hat sich durch die Haare gestrichen. Wertet er das etwa als Handzeichen?

„150 Euro zum Ersten…,150 Euro zum Zweiten." Der Auktionator lässt den Blick durch den Raum gleiten. Robert schwitzt. Hoffentlich zeigt noch jemand Interesse. „Und 150 Euro zum Dritten. Der Teppich ist verkauft an den Herrn in der letzten Reihe."

Robert hält die Luft an. Das darf nicht wahr sein! Welch ein Pech! Jetzt hat er das Geld, von dem er seiner Frau eine Freude machen wollte, in einen scheußlichen Teppich investiert. Er ist wütend, wütend auf sich selbst. Doch aus dieser Situation kommt er nicht mehr heraus. Wenn er diesen Teppich seiner Frau zu Weihnachten schenken würde, würde sie kein Wort mehr mit ihm reden.

Da er für einen Ring kein Geld mehr hat, verlässt er geknickt das Auktionshaus. Unter dem Arm den ungewünschten Teppich. Er beschließt, ihn erst einmal in die Reinigung zu geben. Wer weiß, wie lange er in einer Wohnung gelegen hat und wie viele dreckige Füße darüber gelaufen sind.

Zwei Wochen später will Robert den verhassten Teppich aus der Reinigung abholen. Ein Geschenk für seine Frau hat er noch nicht, aber vielleicht kann er den Perser für 100 Euro auf einem Trödelmarkt loswerden.

Als er der Angestellten den Abholschein gibt, verschwindet diese im Nebenraum. Erst nach zehn Minuten kommt sie zurück.

„Es tut mir leid, aber ihr Teppich ist verschwunden. Wir müssen ihn versehentlich einem anderen Kunden mitgegeben haben", gesteht die Frau bedrückt.

„Wie bitte? Der wertvolle Teppich. Sie werden mir den Schaden doch wohl ersetzen." Robert ist verärgert. Hoffentlich bekommt er den vollen Preis zurück, den er für diesen scheußlichen Fußabtreter gezahlt hat.

„Selbstverständlich. Ich habe gerade mit der Chefin gesprochen. Wir sind für solche Fälle versichert. Sie hat ein vergleichbares Modell im Internet gefunden und sie werden den Wiederbeschaffungswert ersetzt bekommen."

Nach Erledigung der Formalitäten und ein paar Tagen Wartezeit erhält Robert einen Scheck. Er kann sein Glück kaum fassen. Für die 400 Euro kann er ein schönes Weihnachtsgeschenk für seine Frau kaufen und es ist sogar noch das ein oder andere Abendessen möglich.

Weihnachten ist nicht gleich Weihnachten

„Da vorne ist es!", sagt Helga voller Vorfreude und betrachtet neugierig das romantische Hotel, in dem sie mit der ganzen Familie Weihnachten und Silvester verbringen wird. „Es sieht traumhaft aus. Schau nur, es gibt ein Kaminzimmer und ein Schwimmbad. Und alles ist so schön beleuchtet und dekoriert. Es wird bestimmt eine tolle Zeit."

„Das denke ich auch. Es war eine gute Idee von dir, die Woche hier zu verbringen und nicht in unserer Wohnung", stimmt ihr Mann Horst zu, als er den Wagen auf dem Parkplatz abstellt.

Die Familie, das sind ihre drei Töchter Petra, Sonja und Tina mit ihren Partnern und Kindern. Insgesamt sind sie vierzehn Personen.

Als vor zehn Jahren die Kinder aus dem Haus waren und in ganz Deutschland verstreut Häuser gebaut und eigene Familien gegründet hatten, war Helga die Idee gekommen, jedes Jahr Weihnachten gemeinsam zu feiern. Seitdem finden die regelmäßigen Treffen, die alle sehr genießen, reihum statt.

Im vergangenen Jahr hatten Horst und sie ihr Haus verkauft, da es für zwei Personen viel zu groß war. Stattdessen hatten sie sich eine schicke Eigentumswohnung gekauft. Diese ist jedoch zu klein für vierzehn Personen und da sie dieses Jahr an der Reihe sind, die Weihnachtstage auszurichten, mussten sie sich etwas einfallen lassen. Zufällig war Helga in einer Zeitschrift auf dieses Wellnesshotel – 50 Kilometer von Zuhause entfernt – gestoßen. Kurzerhand hatte sie die ganze

Familie eingeladen. Alle hatten sich bei ihnen zu Hause getroffen und waren anschließend im Konvoi hierher gefahren.

„Ich gehe schon mal vor und checke ein", ruft Helga den anderen zu, die gerade das Gepäck ausladen.

Die Lounge mit ihren gemütlichen Ledersesseln ist weihnachtlich dekoriert. Neben dem Kamin steht ein großer Weihnachtsbaum mit silbernen Kugeln. Unter ihm liegen zahlreiche, schön verpackte Geschenke. Auf den Tischen stehen weihnachtliche Gestecke mit Kerzen. Bei diesem Anblick sieht sich Helga abends nach dem Essen mit einem heißen Kakao vor dem Kamin sitzen und entspannen.

„Wie kann ich Ihnen helfen?", fragt die freundliche Dame an der Rezeption.

„Mein Name ist Helga Friederichs. Ich habe drei Familienzimmer und ein Doppelzimmer bestellt."

„Einen Augenblick bitte." Die Rezeptionistin schaut in ihrem Computer nach. „Tut mir leid, Frau Friederichs. Es liegt keine Reservierung vor."

„Das kann nicht sein. Ich habe doch eine Bestätigung von Ihnen bekommen", entgegnet Helga und kramt in ihrer Handtasche. Schließlich findet sie die Reservierungsbestätigung und legt sie der Dame vor. „Hier, sehen Sie. Vom 24.12. bis 01.01."

Die Rezeptionistin betrachtet die Bestätigung genau. „Das ist richtig. Sie haben eine Reservierung für diesen Zeitraum. Aber nicht für 2018, sondern für 2019. Sie haben in unserer Buchungsmaske das falsche Jahr eingegeben."

Helga ist entsetzt. Sie kann nicht glauben, dass ihr solch ein Fehler unterlaufen ist. „Aber Sie haben doch sicher noch

Zimmer frei. Es müssen nicht unbedingt Familienzimmer sein, es können notfalls auch sieben Doppelzimmer sein."

„Es tut mir leid. Wir sind komplett ausgebucht."

Helga erstarrt. „Sie sind ausgebucht?", wiederholt sie fassungslos.

„Was soll ich denn jetzt machen?", fragt sie verzweifelt und deutet auf ihre Großfamilie, die mit unzähligen Koffern gerade die Lounge betritt.

„Oh", entfährt es der Rezeptionistin, als sie Helgas Kinder und Enkelkinder sieht. „Ich würde Ihnen gerne helfen, aber ich habe keine Möglichkeit. Und, um ehrlich zu sein, in der Umgebung ist ebenfalls alles ausgebucht. Es ist Weihnachten." Hilflos zuckt sie die Schultern.

Helga wird übel. Wo soll sie die ganze Familie unterbringen?

„Horst, komm mal bitte." Aufgeregt winkt sie ihren Mann herbei.

„Mir ist ein Fehler passiert. Ich habe die Zimmer für 2019 reserviert."

„Du hast was?", fragt er erschrocken.

„Du kannst mir später Vorwürfe machen. Sag mir lieber, was wir jetzt tun sollen. Das Hotel und alle anderen in der Umgebung sind ausgebucht."

Ihr Mann zuckt die Schultern. „Dann fahren wir eben zu uns. Wir haben noch ein paar Luftmatratzen und Schlafsäcke. Die habe ich beim Umzug nicht weggeschmissen."

„Das ist unmöglich! Es ist viel zu eng und etwas zu Essen für die Weihnachtstage haben wir auch nicht."

„Wir haben noch Würstchen und Fleisch in der Truhe. Wir veranstalten im Garten ein Wintergrillen, das gefällt den Kindern bestimmt. Dazu gibt es Kartoffelsalat."

„Und anschließend schlafen wir auf der Luftmatratze oder im Schlafsack. Jetzt sag nur noch, dass es dich an die Campingurlaube früher mit den Mädchen erinnert." Knurrend wendet sich Helga von ihrem Mann ab und tritt tapfer vor die Familie. „Kinder. Ich habe mich leider bei der Buchung vertan. Es gibt keine Zimmer für uns."

„Wie bitte?"

„Und was machen wir jetzt?"

„Wo sollen wir hin?"

Alle sehen Helga fragend an.

„Keine Sorge. Wir haben natürlich eine Alternative. Wir fahren zu uns."

„Zu euch?" Tina ist entsetzt. „Aber da ist viel zu wenig Platz für uns alle!"

„Es ist für alles gesorgt", verspricht Helga. „Also, los geht's!"

Sämtliches Gepäck wird wieder in den Fahrzeugen verstaut und im Konvoi fahren sie zurück zu ihrer Wohnung.

Dort angekommen richtet Horst den Garten für das Grillen her, holt den Grill aus seinem Winterquartier, stellt Stehtische auf und sorgt mit Fackeln für festliche Beleuchtung.

Helga bereitet den Salat vor, holt Klappstühle aus dem Abstellraum und deckt den Tisch im Esszimmer. In warme Jacken eingepackt versammeln sich alle bei sternenklarem Himmel und klirrender Kälte vor dem Grill, trinken Glühwein oder Kinderpunsch und warten, bis Fleisch und Würstchen fertig sind. Danach sitzen sie dicht gedrängt am Esstisch und genießen das einfache Essen. Bei der anschließenden Bescherung lassen sie sich unkonventionell auf dem

Fußboden vor dem Weihnachtsbaum nieder und packen die Geschenke aus.

„So ein Weihnachtsfest hat bestimmt keiner aus dem Kindergarten", sagt die fünfjährige Leonie, als schließlich alle im Wohnzimmer Seite an Seite auf Luftmatratzen oder im Schlafsack liegen. Keiner wollte in dem von Helga und Horst freiwillig zur Verfügung gestellten Ehebett schlafen.

„Irgendwie erinnert mich das alles an die Campingurlaube in unserer Kindheit. Die waren auch einfach, aber schön", sagt Sonja.

Helga seufzt erleichtert. Welch ein Glück, dass ihre Familie ihr Missgeschick so gelassen hinnimmt. Allerdings wird sie bei zukünftigen Hotelbuchungen die eingegebenen Daten sorgfältig überprüfen, denn mehrere Nächte auf der Luftmatratze kann sie mit über siebzig ihrem schmerzenden Rücken nicht mehr allzu häufig zumuten.

Der Traum von New York

„Ich glaube, ich weiß, was Marcel mir dieses Jahr zu Weihnachten schenkt", berichtet Ilka freudestrahlend ihrer Freundin Anne, als die beiden am Samstag vor dem 3. Advent durch die Geschäfte bummeln.

„Wirklich? Wie hast du das denn herausgefunden?", fragt Anne erstaunt.

„Er hat mich Anfang der Woche ganz beiläufig abends beim Fernsehen gefragt, ob mir ein Urlaub in New York gefallen würde. Natürlich habe ich ja gesagt. Als ich ihn gefragt habe, warum er das wissen möchte, hat er behauptet, ein Arbeitskollege hätte ihm erzählt, dass er im nächsten Jahr dorthin in Urlaub fahren möchte. Das war doch nur ein Ablenkungsmanöver. Er wollte nur sicher gehen, ob mir eine Reise dorthin gefallen würde."

„Seine Erklärung könnte aber auch die Wahrheit sein", gibt Anne zu bedenken.

„Das schon. Allerdings hat er gestern Abend gesagt, ich solle mir die Woche vom 15. bis 22. Februar freihalten. Und? Was sagst du dazu?"

„Das hört sich tatsächlich danach an. Allerdings hat sich Marcel ziemlich ungeschickt angestellt."

„Du kennst ihn doch. Taktgefühl war noch nie seine Stärke. Jetzt brauche ich deinen Rat. Wenn er mir solch ein großes Geschenk macht, muss ich ihm auch etwas Tolles schenken. Ich habe mir auch schon ein paar Gedanken gemacht. Wie fändest du ein neues Smartphone?"

Anne legt den Kopf schief. „Seins ist doch noch recht neu. Außerdem ist das etwas, das die gemeinsame Zeit stört. Wenn es neue Funktionen hat, wird er sich die Weihnachtstage nur mit dem Ding beschäftigen."

„Da hast du recht. Wie wäre es denn mit einer wertvollen Uhr? Seine ist schon zwanzig Jahre alt."

„Das ist eine schöne Idee", stimmt Anne zu. „Eine Uhr trägt er jeden Tag und wenn er auf sie schaut, denkt er immer an dich."

Ilka strahlt. „Prima. Dann gehen wir jetzt direkt zum Juwelier um die Ecke und suchen eine aus."

Im Geschäft lassen sich die beiden Freundinnen mehrere Uhren zeigen. Exemplare im Retrostyle und sportliche, die für Abenteuer und Action stehen. Die Entscheidung ist nicht leicht. Ilkas Wahl fällt schließlich auf einen Chronographen mit Edelstahlgehäuse und einem Armband ebenfalls aus Edelstahl und einem schwarzen Zifferblatt. Er wirkt äußerst edel und hat auch seinen Preis. Rund 400 Euro soll er kosten. Doch das ist ihr Marcel wert, zumal er ihr diesen traumhaften Urlaub schenkt. Es wäre ihre erste Reise außerhalb Europas und sie freut sich sehr. Gleich Montag wird sie ihre Arbeitskolleginnen fragen, ob sie frei bekommt.

„So, das hätten wir", sagt Ilka erleichtert, als sie das Geschäft verlassen. „Hast du schon ein Geschenk für Jochen?"

„Wir schenken uns nie etwas Großes. Ich denke, ich werde ihm Karten für ein Fußballspiel seines Lieblingsvereins schenken, mit ihm zusammen dorthin gehen und nachher noch in einem schönen Restaurant essen."

„Das ist eine schöne Idee. Da wird er sich bestimmt freuen. Jetzt lade ich dich für deine Hilfe ins Café ein", sagt Ilka und hakt sich bei ihrer Freundin unter.

„Das ist lieb von dir. Eine Tasse Tee kann ich bei der Kälte gut vertragen."

An Heiligabend ist Ilka aufgeregt wie ein kleines Kind. Es hatte sie in den vergangenen Tagen viel Mühe gekostet, Marcel nicht auf New York anzusprechen. Nach dem Motto, dass ihr die Stadt gut gefällt und sie dort gerne einmal hinfahren würde.

„Sollen wir die Bescherung dieses Jahr vor dem Essen machen?", fragt Ilka, bevor sie den Braten aus dem Ofen holt.

„Von mir aus." Marcel zuckt mit den Schultern. Er geht zum Wohnzimmerschrank und holt ein Kuvert heraus.

Ilka freut sich so sehr, dass sie ihm am liebsten schon um den Hals fallen und sich bedanken würde, bevor sie überhaupt das Geschenk geöffnet hat. Doch sie reißt sich zusammen und reicht ihm ihr Päckchen.

„Du zuerst", sagt sie.

Marcel reißt das Geschenkpapier herunter und öffnet vorsichtig den Karton. „Wow. Die Uhr ist klasse", entfährt es ihm. „Mensch Ilka, du sollt mir doch nicht so etwas Teures schenken. Das haben wir in den vergangenen Jahren auch nicht gemacht. Aber trotzdem vielen lieben Dank."

Ilka freut sich, dass ihm die Uhr gefällt. „Na ja, ich dachte, weil du mir dieses Jahr so etwas Tolles schenkst, lege ich ebenfalls etwas mehr an."

Marcel sieht sie erstaunt an. „Woher weißt du, was ich dir schenke?"

„Du hast dich selbst verraten. Erst hast du mich gefragt, ob mir New York gefällt und dann soll ich mir im Februar eine Woche freihalten. Da habe ich eins und eins zusammengezählt", erwidert seine Frau strahlend.

„Und jetzt glaubst du, ich würde dir eine Reise dorthin schenken?" Marcel schaut entsetzt drein, als Ilka die Karte aus dem Umschlag zieht.

Ihr Lächeln verschwindet augenblicklich, als sie den Gutschein liest.

„Ein Musicalbesuch?", fragt sie enttäuscht.

„Ja, du hast so oft davon gesprochen, dass du gerne ein Musical sehen möchtest", entgegnet Marcel. „Ich dachte, du würdest dich darüber freuen."

„Und was ist mit der Woche im Februar, die ich mir freihalten soll?"

„Jochen schenkt Anne zu Weihnachten eine Reise nach New York. Aber das konnte ich dir nicht sagen, weil du es ihr sonst verraten hättest. Wir sollen uns in der Zeit um die Blumen, die Post und den Hund kümmern."

Gabrielas Weihnachtsplätzchen

Durch die Glasscheibe neben der Haustür sieht Hermann im Lichtschein der Außenlampe eine goldene Schleife glänzen. Neugierig öffnet er die Tür.

Auf dem Podest direkt vor ihm steht ein großer Teller mit Weihnachtsplätzchen, liebevoll eingepackt in Folie und mit einer Schleife versehen. Gabriela ist wirklich ein Schatz. Jedes Jahr backt sie Unmengen von Plätzchen und jedes Jahr zur Adventszeit bekommt er eine Schale voller Köstlichkeiten. Allein der Anblick der zahlreichen Sorten, die allesamt aussehen, als ob sie aus der Produktion einer edlen Konfiserie stammen, ist eine Augenweide. Und eine ist leckerer wie die andere. Deshalb freut er sich immer auf Weihnachten, denn eine Frau, die für ihn backen würde, hat er nicht.

Freudestrahlend nimmt er das Geschenk hoch und trägt es ins Haus. Er setzt sich auf einen Stuhl am Esstisch und stellt die Weihnachtsplätzchen vor sich auf den Tisch. Vorsichtig löst er die goldene Schleife und öffnet die Folie. Einer ersten Bestandsaufnahme zufolge sind es rund zwanzig verschiedene Sorten. Unter ihnen Spritzgebäck, Schokowürfel, Cappuccino-Kekse, Orangen-Knöpfchen und Rumkugeln.

Dann greift er zum Telefon. Gabriela ist nicht zu Hause, nur der Anrufbeantworter schaltet sich ein. „Hallo Gabriela, hier ist Hermann. Vielen Dank für die Weihnachtsplätzchen. Ich habe mich sehr darüber gefreut und werde sie jetzt sofort probieren. Bis bald."

Als er aufgelegt hat, nimmt er sich einen Schokowürfel und steckt ihn in den Mund. Lecker! Er schließt die Augen und genießt. Diese Sorte mag er besonders gern, denn die Glasur enthält Rum. Gabriela ist eine wahre Meisterin der Weihnachtsbäckerei. Jedes Plätzchen ist ein Kunstwerk und schmeckt köstlich. Suchend blickt er auf den Teller. Er muss noch eins essen. Seine Entscheidung fällt auf ein Stück Spritzgebäck mit Schokoladenverzierung. Und es ist wieder so lecker! Am liebsten würde er den ganzen Teller leer essen. Doch er wird es halten wie in den vergangenen Jahren und sich jeden Tag maximal fünf Plätzchen gönnen. Er nimmt noch einen Schokowürfel, eine Rumkugel und zum Schluss erneut einen Schokowürfel.

Anschließend stellt er den Teller in den Küchenschrank, um nicht wieder in Versuchung zu geraten, und schaltet den Fernseher ein. Eine Weile schaut er sich eine Reisereportage über die USA an.

Dann springt Hermann mit einem Satz vom Sofa auf. Seine Augen sind weit aufgerissen. Mit zitternden Händen reißt er den oberen Hemdknopf auf. Er schnappt nach Luft. Waren etwa Nüsse in den Plätzchen gewesen? Dabei weiß Gabriela, dass er allergisch dagegen ist.

Nach Luft ringend versucht er mit letzter Kraft das Telefon auf dem Esszimmerschrank zu erreichen. Doch er schafft es nicht. Ohnehin wäre er nicht mehr in der Lage, Hilfe zu rufen. Er beginnt zu Röcheln. Kurz darauf bricht er zusammen, bleibt regungslos auf dem Boden liegen. Dann wird es dunkel um ihn. Sein Herz hört auf zu schlagen.

Eine Stunde später klingelt sein Telefon. Nach einiger Zeit springt der Anrufbeantworter an. „Hallo Hermann, hier ist Gabriela. Ich habe gerade deine Nachricht gehört. Die Plätzchen sind nicht von mir, ich bin mit dem Backen noch nicht fertig. Du bekommst sie erst nächste Woche. Aber ich habe vorhin einen Weihnachtsmann zu deinem Haus gehen sehen. Vielleicht war es Walter von nebenan, der sich bei dir für euren bösen Streit letzte Woche entschuldigen will."

Walter lächelt. Gabriela liegt mit ihrer Vermutung richtig. Allerdings nur insoweit, als dass die Plätzchen von ihm sind. Entschuldigen wollte er sich keineswegs, sondern rächen. Dafür hat er Nussöl in Plätzchen gespritzt, in die normalerweise keines gehört.

Wie gut, dass er noch den Ersatzschlüssel von seinen früheren Hausmeisterdiensten hat. So konnte er jetzt in der Dunkelheit unbehelligt ins Haus gelangen, die restlichen Plätzchen entfernen und die Nachricht auf dem Anrufbeantworter löschen. Das Weihnachtsmannkostüm hat er bereits in einem Mülleimer im Nachbarort entsorgt, seine Frau wird bezeugen, dass er den ganzen Nachmittag über im Hobbykeller war. Keiner wird ihm also etwas nachweisen können. Verdächtigt wird dann wohl der Weihnachtsmann.

Die Erfindung

Stolz präsentiert Klaus seinen Schwiegereltern den neuen runden Esszimmertisch, den er selbst gebaut hat.

Seit Jahren ist es in seiner Familie Tradition, dass sie im Advent mit den Eltern seiner Frau Tapas essen. Von Jahr zu Jahr hatte es ihn mehr gestört, dass das festliche Essen durch das ständige „Reichst du mir mal bitte das Schälchen mit den Oliven" und „Kannst du es bitte wieder zurückstellen" gestört wird. Deshalb hatte er kurzentschlossen in der Adventszeit Holz gekauft und einen Tisch nach seinen Vorstellungen gebaut.

„Die aufgesetzte runde Platte in der Mitte wird von einem Motor angetrieben und dreht sich. Wenn sie sich langsam bewegt, kann jeder die gewünschten Tapas herunternehmen, wenn sie vorbeikommen und anschließend wieder zurückstellen", erklärt Klaus.

Sein Schwiegervater Wilfried ist beeindruckt. „Eine gute Idee. Kompliment mein Junge. Dann sind wir nicht mehr den ganzen Abend damit beschäftigt, die Schälchen hin- und herzureichen."

„Dieser Tisch ist wirklich praktisch", bestätigt seine Schwiegermutter Hilde. „Er ist so groß, dass wir endlich genügend Platz für alle Gläser, Teller und Schalen haben. Es werden ja auch jedes Jahr mehr Sorten Tapas."

Sie lässt ihren Blick über die Köstlichkeiten schweifen, die ihre Tochter Marleen aufgetischt hat: Oliven, Pflaumen mit Speck umwickelt, Serrano-Schinken, getoastetes Weißbrot mit Olivenöl und kleingeriebenen Tomaten, Chorizo, Kartoffeln mit Knoblauchmayonnaise, Kirschpaprika mit Frischkäse gefüllt und vieles mehr. Zudem hat sie den Tisch mit Weihnachtsdekoration festlich geschmückt und zwischen den Schälchen kleine Engel, Weihnachtsmänner und Weihnachtsbaumkugeln platziert.

„Bitte setzt euch", sagt Marleen und ruft ihre Kinder. „Sophie, Elias! Essen!"

Als alle Platz genommen haben und mit Getränken versorgt sind, setzt Klaus stolz die Platte in Bewegung. Ganz langsam dreht sie sich und jeder greift nach dem Essen, was er gerne haben möchte. So läuft der Abend völlig entspannt ab und niemand muss sein Essen unterbrechen, um Schüsseln hin- und herzureichen.

Doch plötzlich nimmt die Drehplatte Fahrt auf. Klaus blickt entsetzt auf seine Konstruktion, die gerade ein Eigenleben entwickelt. Die anderen Familienmitglieder schauen ebenfalls fassungslos auf die immer schneller werdende Platte. Alle sitzen wie gelähmt auf ihren Plätzen und starren wie hypnotisiert auf die Drehplatte.

Als erstes schießen die Weihnachtsbaumkugeln an den Gästen vorbei, prallen gegen die Wände und fallen aufgeplatzt zu Boden. Anschließend sausen Engel und dickbauchige Weihnachtsmänner durch die Luft und stürzen kurz darauf ab.

Die Schalen mit dem Essen bleiben am längsten standhaft. Doch als die Drehplatte eine immer höhere Geschwindigkeit erreicht, können auch sie sich nicht mehr halten.

Zuerst löst sich das Schälchen mit dem Serrano-Schinken. Der Schinken klatscht Oma Hilde ins Gesicht, hängt wie eine

Gardine von ihrem Brillengestell herab. Die Porzellanschale zerbricht scheppernd an der Wand. Sammy, der Golden-Retriever, der friedlich vor dem Kamin gelegen und gedöst hatte, zuckt erschrocken zusammen. Er richtet sich auf und beobachtet aufmerksam das Geschehen.

Der zehnjährige Elias macht große Augen. „Voll krass", ist alles, was er hervorbringt.

Die Schüssel mit den Chorizowürfeln verliert als nächstes die Haftung. Die Wurststücke fliegen wie Kamellen durch den Raum. Für Sammy das Gefühl, im Schlaraffenland zu sein. Hastig fängt er so viele Happen wie möglich in der Luft ab, die restlichen frisst er vom Boden. Genüsslich leckt er sich ums Maul.

Die Schale mit dem getoasteten Weißbrot fliegt auf Opa Wilfried zu und trifft ihn in Brusthöhe. Das mit Tomaten und Olivenöl belegte Brot rutscht an seinem hellblauen Hemd herunter, hinterlässt dabei eine rote Spur. Während er entsetzt an sich herab schaut, klatscht eine mit Frischkäse gefüllte Kirschpaprika gegen seine Stirn, plumpst anschließend auf seine Hose und fällt dann zu Boden.

Sammy kommt neugierig näher, um zu prüfen, ob für ihn noch etwas Leckeres dabei ist.

Am längsten hält der Topf mit der Knoblauchmayonnaise der Rotation stand. Doch als sich die Geschwindigkeit noch weiter steigert, bleibt auch sie nicht mehr auf der Drehplatte stehen. Der Topf zischt haarscharf an Marleens Kopf vorbei und kracht gegen die Wand. Die Mayonnaise verteilt sich zu einem Großteil über sie, der Rest klebt auf der Tapete und beginnt langsam daran herunterzulaufen.

Dann gibt es einen lauten Knall. Die Platte stoppt abrupt, schwarzer Rauch steigt auf. Als dieser sich gelegt hat, sind alle schwarz im Gesicht. Die Tischplatte ist ebenfalls schwarz und hängt schief in ihrer Verankerung. Klaus sitzt wie ein Häufchen Elend auf seinem Stuhl und starrt fassungslos auf seinen ruinierten Tisch.

Sammy hat sich zwischenzeitlich hinter dem Sofa verkrochen und lugt vorsichtig an einer Seite hervor. Es herrscht absolute Stille.

Die vierzehnjährige Sophie fängt sich als erste. „Bitte bewegt euch nicht. Ich muss unbedingt ein Foto von euch machen und es meinen Freundinnen schicken."

„Nächstes Jahr gehen wir ins Restaurant", bemerkt die Schwiegermutter und wischt sich mit der Serviette die Schwärze aus dem Gesicht.

Marleen hingegen sieht ihren Mann lächelnd an. „Vielen Dank, Klaus. Nach den Feiertagen wirst du endlich neue Tapeten besorgen und das Esszimmer renovieren, wie du es mir schon seit zwei Jahren versprichst."

Thorstens Geschenk

Seufzend starrt Leonie auf ihr Tablet. In den Warenkorb eines Onlineshops hat sie die Uhr gelegt, die sich ihr Mann Thorsten seit langem wünscht und deren Kauf er immer wieder verschoben hat, weil sie so teuer ist.

Leonie grübelt. Soll sie, soll sie nicht. Einerseits würde sie ihm eine große Freude bereiten, wenn sie ihm diese zu Weihnachten schenken würde, andererseits sprengt dieses 800 Euro Exemplar ihr Budget. Schließlich muss sie noch ein Bett für ihren dreijährigen Sohn Max kaufen und Geschenke für die Eltern, Schwiegereltern und ihre beste Freundin Hannah. Außerdem möchte sie sich die schicke Handtasche kaufen, die sie beim letzten Einkaufsbummel in der Stadt entdeckt hat.

„Mama! Lesen!", fordert Max sie auf. Er fuchtelt mit einem Bilderbuch vor ihrem Gesicht herum und sieht sie erwartungsvoll an.

„Gleich Mäxchen, gleich. Die Mama muss erst noch etwas prüfen. Schau dir so lange die Bilder an."

Enttäuscht sieht Max seine Mama an. Dann klettert er neben sie auf die Couch und blättert in seinem Buch.

Leonie starrt auf die rechte untere Ecke ihres Tablets. Dort leuchtet der rote Button <Jetzt kaufen>. Noch ein Klick und sie hat die Uhr bestellt. Schnell rechnet sie noch einmal alles im Kopf durch: Musicalkarten für ihre Eltern 200 Euro, das Bett für Mäxchen 300 Euro, die Handtasche 250 Euro. Dazu die Geschenke für die Schwiegereltern und Hannah. Nein, das wird viel zu teuer. Sie muss Thorsten etwas anderes kaufen. Die Uhr ist auf keinen Fall mehr drin. Oder doch? Wenn sie versuchen würde, die anderen Geschenke günstiger zu bekommen?

„Mama! Lesen!", fordert Max seine Mutter erneut auf und greift nach ihrem Arm.

„Sofort Mäxchen", entgegnet Leonie und schiebt seine Hand beiseite, ohne von ihrem Tablet aufzusehen.

Nein, sie wird die Uhr nicht kaufen. Vielleicht im nächsten Jahr. Bis dahin kann sie jeden Monat etwas Geld zurücklegen. Für dieses Weihnachten muss sie etwas anderes Schönes finden.

Dann klingelt es an der Tür.

„Komm mit Mäxchen, wir schauen mal nach, wer uns besuchen kommt", sagt Leonie, nimmt ihren Sohn auf den Arm und geht zur Tür.

„Hannah, schön dass du vorbeischaust", freut sich Leonie über den spontanen Besuch ihrer besten Freundin.

„Ich war gerade in der Nähe und dachte, ich bringe euch schon mal Tommy vorbei. Dann wird es für mich morgen nicht so stressig", sagt Hannah und lässt ihren West-Highland-Terrier von der Leine. Leonie hatte sich angeboten, den Hund für eine Woche bei sich aufzunehmen, während ihre Freundin auf Dienstreise ist.

„Das ist kein Problem. Mäxchen wird sich freuen", sagt Leonie und setzt ihren Sohn wieder auf dem Boden ab. „Komm rein, wir trinken einen Tee."

Während sich Leonie und Hannah an den Küchentisch setzen und plaudern, läuft Tommy durch die ganze Wohnung. Mäxchen verfolgt ihn und ist für den Rest des Nachmittages damit beschäftigt, Bällchen zu werfen und Leckerlies zu verteilen. Das Bilderbuch ist vergessen.

Am nächsten Vormittag gehen Leonie und Mäxchen mit Tommy spazieren. Sie besuchen den Weihnachtsmarkt, trinken Kinderpunsch und kaufen gebrannte Mandeln.

Als sie am Nachmittag nach Hause zurückkehren, öffnet ihnen Thorsten bereits die Tür.

„Hallo Schatz", begrüßt er seine Frau und nimmt ihr galant die Jacke ab. „Zieh dich schick an. Ich habe um 17.00 Uhr einen Tisch bei unserem Lieblingsitaliener bestellt. Mutter passt so lange auf Mäxchen auf."

Leonie schaut ihren Mann irritiert an. „Einfach so? Mitten in der Woche? Da gehen wir doch sonst nur zu besonderen Anlässen hin!"

„Wenn meine Frau mir solch ein tolles Weihnachtsgeschenk macht, dann ist das ein besonderer Anlass!", erklärt er strahlend.

Jetzt versteht Leonie gar nichts mehr. „Ich weiß nicht, was du meinst."

„Heute ist ein Päckchen für dich angekommen. Ich dachte, es wäre die Kette, die du Hannah schenken willst und habe es geöffnet. Und dann habe ich gesehen, dass es die Uhr ist, die ich mir seit langem wünsche. Das ist wirklich lieb von dir. Vielen Dank!"

Leonie erstarrt. Sie hatte die Uhr gar nicht bestellt!

Doch dann wird ihr klar was passiert ist. Als Hannah gestern zu Besuch gekommen war, hatte sie ihr eingeschaltetes Tablet auf den Wohnzimmertisch gelegt.

Mäxchen musste darauf herumgedrückt haben, während sie mit Hannah Tee getrunken hatte. Na dann, frohe Weihnachten!

Schrottwichteln

Unschlüssig steht Ralf im Wohnzimmer. Im Geiste geht er die Inhalte sämtlicher Schränke im Haus durch. Wieder und wieder. Trotz intensiver Überlegung fällt ihm nichts ein, was so scheußlich ist, dass er es unbedingt loswerden möchte. Doch die Zeit drängt. Die Weihnachtsfeier mit den Kollegen seiner Abteilung, auf der sie wie jedes Jahr ein Schrottwichteln veranstalten, beginnt in einer Stunde und er sucht wie immer auf den letzten Drücker ein Geschenk. Ungeliebte Geschenke sollten es dieses Mal sein. Er grübelt. Welches Teil hatte ihm nie wirklich gefallen? Schließlich hat er einen Geistesblitz. Natürlich gibt es etwas, das er absolut scheußlich findet. Vor über dreißig Jahren hat er eine Krawatte geschenkt bekommen, die so hässlich ist, dass er sie lediglich ein paar Mal getragen hat. Danach hat er sie in die hinterste Ecke seines Kleiderschrankes verbannt und nicht mehr angezogen. Er weiß heute nicht einmal mehr, von wem er sie bekommen hat. Das ist die Gelegenheit, sie loszuwerden. Schnell holt er sie hervor, wickelt sie in Zeitungspapier ein und lässt sich von seiner Frau zur Weihnachtsfeier bringen.

Als Ralf auf der Feier eintrifft, sind schon alle versammelt. Nach einem erstklassigen Essen und einigen Bierchen ist die Stimmung gut. Die beste Zeit also für das alljährliche Highlight.

„Es ist einundzwanzig Uhr. Jetzt folgt unser traditionelles Schrottwichteln", sagt Abteilungsleiter Andreas und stellt den Wäschekorb mit den Päckchen auf den Tisch. Zehn ungeliebte Geschenke in Zeitungspapier gewickelt warten auf neue Besitzer. „Wer zuerst eine Sechs würfelt, darf sich eins nehmen."

Michael, der Auszubildende, beginnt mit einer Fünf. Der Würfel wird im Uhrzeigersinn weitergereicht. Niemand wirft eine Sechs. Erst als Michael erneut an der Reihe ist, gibt es die erste Sechs. Er nimmt sich ein Geschenk und öffnet es. Zum Vorschein kommt Ralfs Krawatte.

„Ist die hässlich. Was ist das überhaupt für ein Muster? Sind da Katzen drauf? So etwas würde ich niemals anziehen. Damit kannst du höchstens die Speichen von deinem Fahrrad putzen", spottet Andreas. Alle lachen.

Nach und nach erhält jeder ein Päckchen und öffnet es. Ralf sieht interessiert in die Runde. Es gibt Kerzenständer, rote Socken und ein Buch über Hunde. Besonders gefällt ihm ein Set mit Schraubenziehern. Das könnte er gut für seine Werkstatt gebrauchen.

„Los geht's. Fünf Minuten. Wer zwei Einsen würfelt, darf sein Geschenk tauschen", erklärt Andreas und dreht eine Sanduhr um.

Ralf beginnt. Eins und Drei. Schade, denn er möchte den Kerzenständer, den er bekommen hat, schnell wieder loswerden. Er gibt die Würfel weiter. Tanja, mit der er sich ein Büro teilt, ist die Erste, die zwei Einsen wirft. Sie nimmt sich die Schraubenzieher von Andreas. Für ihren Mann, wie sie sagt.

Michael, der als nächster einen Treffer landet, wählt Ralfs Kerzenständer für seine Freundin und gibt ihm die Krawatte. Ralf verzieht das Gesicht. Das hat ihm gerade noch gefehlt.

Dann gelangen die Würfel wieder zu Ralf. Einige Sekunden schüttelt er sie zwischen seinen Händen. Dieses Mal muss es klappen. Und ja! Zwei Einsen! Freudestrahlend tauscht er seinen Kerzenständer mit Tanjas Schraubenziehern.

„Mensch Ralf! Was soll ich denn mit der Krawatte? Wenn ich die meinem Mann schenke, reicht er die Scheidung ein", witzelt sie.

„Darauf kann ich keine Rücksicht nehmen", entgegnet Ralf.

Noch drei Minuten. Jetzt muss er hoffen, dass Tanja keinen Treffer mehr landet und von den anderen keiner scharf auf die Schraubenzieher ist. Keiner schafft es mehr, zwei Einsen zu werfen. Noch zwei Minuten. Michael gelingt es noch einmal und holt sich jetzt das Buch über Hunde. Noch eine Minute. Dreißig Sekunden. Zehn Sekunden. Dann ist Tanja wieder an der Reihe. Nein! Es ist passiert! Sie würfelt zwei Einsen. Ralf stöhnt auf, als sie das Schraubenzieherset wegnimmt und ihm die Krawatte zurückgibt.

Dann ist die Sanduhr abgelaufen. Welch ein Pech, dass er mit seinem ungeliebten Geschenk nach Hause geht.

Nach weiteren Bierchen ist das jedoch schnell vergessen und er sieht das Ganze mit Humor.

Als seine Frau ihn um dreiundzwanzig Uhr von der Weihnachtsfeier abholt, ist Ralf ziemlich angeheitert. „Du glaubst nicht, was mir passiert ist Schatz", lacht er, als sie gemeinsam zum Auto gehen. „Ich wollte bei unserem Schrottwichteln die hässliche Krawatte loswerden, die ich mal irgendwann von irgendwem geschenkt bekommen habe. Weißt du, die mit den Katzen drauf. Aber in letzter Sekunde ist sie wieder zu mir zurückgekommen. Alle waren sich einig, dass sie das scheußlichste Geschenk des Abends war. Tanja hat sogar gesagt, ihr Mann würde sich von ihr scheiden lassen, wenn sie ihm die Krawatte schenken würde."

Mit energischen Schritten geht Maria voraus zum Auto, steigt ein und verriegelt es von innen.

Ralf klopft an die Scheibe. „He, was soll das?", lallt er verständnislos.

Langsam lässt Maria die Scheibe herunter. „Was das soll?", fragt sie verärgert. „Du gehst heute Abend mal zu Fuß nach Hause, damit du wieder abkühlst. Die Krawatte habe ich dir vor 30 Jahren zu unserem ersten gemeinsamen Weihnachtsfest geschenkt."

Reumütig

Ehrfürchtig lässt Jan die goldene Kette mit dem brilliantbe-
setzten Anhänger durch seine Finger gleiten. Ein schönes
Stück und wertvoll noch dazu. Er weiß, dass sich Anne sehr
freuen wird, wenn sie es zu Weihnachten bekommt.
Seufzend legt er die Kette in ein kleines, mit rotem Samt
ausgelegtes Kästchen und schließt es sorgfältig. Dann nimmt
er einen Bogen goldenes Geschenkpapier, auf dem in
schwarzen Buchstaben „Frohe Weihnachten" geschrieben
steht. Liebevoll packt er das Kästchen darin ein und bastelt
aus goldenem und schwarzem Geschenkband eine Schleife,
die er mitten auf dem Päckchen befestigt. Schließlich betrachtet er zufrieden sein Werk. Es sieht ansprechend aus.
Dann zieht er seine dünne Jeansjacke an und verlässt mit
dem Päckchen in der Hand sein winziges, ärmliches Zimmer.
Draußen ist es dunkel und klirrend kalt. Er friert bitterlich in
seiner Jacke. Doch er besitzt keine wärmere. Seine Zähne
klappern vor Kälte und schon nach kurzer Zeit sind seine
Socken in den alten, ausgetretenen Turnschuhen vom
Schneematsch durchnässt. Vermutlich wird er sich den Tod
holen und es wäre vernünftiger umzukehren. Aber das geht
nicht. Nicht, bevor er die Kette abgegeben hat.
Er kann sich genau an das Haus erinnern, in dem Anne
wohnt. Es ist groß und gepflegt und die stilvolle Einrichtung
spiegelt ihren exklusiven Geschmack wieder. All das hat er
noch vor Augen, obwohl es lange her ist, dass er dort gewesen war.

Kurz bevor er die Villa erreicht, bleibt er stehen und atmet tief durch. Seine zitternden Hände umschließen fest das Kästchen mit der Kette. Jetzt ist es nicht mehr nur die Kälte, weshalb er zittert. Zögerlich geht er weiter.

Im Wohnzimmer brennt Licht. Durch das Fenster erkennt er Anne. Sie ist nicht allein, ein Mann ist bei ihr. Beide sitzen auf dem Sofa und lesen. Aber das ist nicht weiter schlimm, denn er hat schon einen Plan, wie er ihr unbemerkt die Kette zukommen lassen kann. Im Schutz der Sträucher schleicht Jan zur Haustür. Dort legt er das Päckchen mitten auf die Fußmatte und klingelt.

Als Anne die Tür öffnet, ist er längst verschwunden. Im Schutz der Sträucher beobachtet er, wie sie sich suchend umschaut. Schließlich fällt ihr Blick auf das am Boden liegende Päckchen. Sie hebt es auf, sieht sich noch einmal nach rechts und links um und geht wieder hinein.

Dann erst tritt Jan aus seinem Versteck hervor und blickt durchs Fenster ins Wohnzimmer hinein. Anne betrachtet das Päckchen neugierig von allen Seiten. Sie dreht es hin und her und zuckt mit den Schultern, als der Mann sie etwas fragt. Vorsichtig löst sie Schleife und Geschenkpapier. Darunter kommt das schwarze Kästchen zum Vorschein. Zaghaft öffnet sie es. Jan wartet gespannt auf ihre Reaktion.

Anne starrt ungläubig auf den Inhalt und schlägt vor Freude die Hände vor den Mund. Sie begutachtet die Kette andächtig von allen Seiten und strahlt über das ganze Gesicht. Auch der Mann freut sich und beide fallen sich in die Arme.

Mittlerweile wird die Kälte unerträglich. Obwohl Jan jetzt in sein kleines dunkles Zimmer zurück muss, ist er glücklich und zufrieden. Es lag ihm seit einiger Zeit sehr am Herzen, der unbekannten Frau eine große Freude zu bereiten. Früher hätte er keine Gedanken an seine Opfer verschwendet, doch in den letzten fünf Jahren, in denen er wegen verschiedener Straftaten im Gefängnis gesessen hatte, hatte er viel Zeit zum Nachdenken gehabt. Sein schlechtes Gewissen hatte ihn gequält und verändert. Er fand seine Taten skrupellos und nicht zu entschuldigen.

Damals, nach seiner Verhaftung hatte er eisern geschwiegen und nicht preisgegeben, wo die Beute aus seinen Diebstählen versteckt war, um sich nach Verbüßung seiner Strafe ein schönes Leben machen zu können.

Jetzt aber will er seine Fehler wieder gutmachen und an Weihnachten, dem Fest der Liebe, den Bestohlenen ihren Schmuck zurückgeben. Auch, wenn er selbst vor dem Nichts steht.

Die Trim the tree party

„Muss das sein?", fragt die sechzehnjährige Kim und sieht ihre Mutter genervt an. „Wir treffen uns mit der Clique auf dem Weihnachtsmarkt."

„Das könnt ihr morgen auch noch. Ihr müsst das ganze Jahr über nicht viel im Haushalt helfen, aber heute brauche ich eure Unterstützung. Ich kann nichts dazu, dass Anja ausgerechnet jetzt krank geworden ist, und ich deshalb ins Geschäft muss. Ich schaffe das hier nicht alleine."

„Och Mama. Das ist immer eine total lahme Veranstaltung. Wir haben überhaupt keine Lust darauf", mault Kims Zwillingsschwester Annika.

„Schluss jetzt. Keine Diskussion mehr", sagt die Mutter energisch und steht vom Frühstückstisch auf. „Hier sind die Zettel mit den Plätzchenrezepten. Die Zutaten sind in dem roten Einkaufskorb in der Vorratskammer. Die Gäste kommen um vierzehn Uhr. Ich denke, ich bin gegen dreizehn Uhr zurück." Dann verabschiedet sie sich und geht zur Arbeit.

„Ich habe keinen Bock auf Plätzchen backen und schon gar nicht auf dieses Event", nörgelt Kim.

Jedes Jahr veranstalten ihre Eltern am Samstag vor dem vierten Advent eine „Trim the tree party", zu der sie sämtliche Verwandte einladen. Bei Plätzchen, Stollen und Glühwein wird feierlich der Weihnachtsbaum geschmückt. Für Kim und Annika bedeutet das, den Nachmittag mit alten Leuten, langweiliger Musik und langweiliger Unterhaltung zu verbringen und die Verwandtschaft zu bewirten. Heute sollen sie auch noch Plätzchen backen. Und das Ganze, während ihre Freunde Spaß auf dem Weihnachtsmarkt haben. Welch ein Ärger!

Doch dann grinst Annika. „Ich habe eine Idee, wie wir heute auch Spaß haben werden."

Nachdem sie den Frühstückstisch abgeräumt haben, beginnen die Zwillinge Plätzchen zu backen: Vanillekipferl, Spritzgebäck und Schokowürfel. Vier Sorten hatte die Mutter bereits am vergangenen Wochenende vorbereitet.

Gegen Mittag klingelt Annikas Handy. „Hallo Annika, hier ist Mama. Ihr müsst euch erst einmal allein um die Gäste kümmern, ich komme hier noch nicht weg. Bei Papa wird es auch später. Er ist bei einem Kunden."

„Kein Problem. Wir machen das schon", entgegnet Annika mit einem Grinsen.

„Danke, das ist lieb von euch", sagt die Mutter und wundert sich über den plötzlichen Sinneswandel.

Während Kim mehrere Teller mit Gebäck auf den Tischen im Wohnzimmer verteilt und Glühweingläser aus einem Karton hervor holt, sucht Annika CD's mit Weihnachtsmusik heraus.

Danach stellen sie einen großen Topf auf den Herd, in dem sie mehrere Flaschen Glühwein erhitzen.

„Das wäre geschafft. Ich bin sicher, das wird ein lustiger Nachmittag", sagt Annika schmunzelnd.

Als die Mutter um fünfzehn Uhr ziemlich geschafft von der Arbeit nach Hause kommt, das Auto in der Garageneinfahrt abstellt und aussteigt, schallt ihr Weihnachtsmusik entgegen. Sie stutzt. Wer hört so laut Musik? Etwa die Nachbarn auf der rechten Seite? Und dann solch rockige Weihnachtslieder! Sie schüttelt den Kopf. Entsetzlich!

Doch je näher sie auf den Hauseingang zugeht, desto lauter wird die Musik. Sie wird ärgerlich. Was denken sich die Zwillinge dabei? Rasch schließt sie die Tür auf, stellt ihre Handtasche an der Garderobe ab und stürzt ins Wohnzimmer. Entsetzt bleibt sie im Türrahmen stehen. Der Lärm ist ohrenbetäubend, überall herrscht Chaos.

Sessel und Stühle sind zur Seite geschoben, die Gäste tanzen in der Mitte des Raumes. Selbst ihre sonst so konservative Schwester Hilla, wie immer in einem mausgrauen Outfit, tanzt zur rockigen Weihnachtsmusik. Ihre Strickweste hat sie abgelegt, eine Ecke ihrer weißen Bluse ragt aus dem Rockbund hervor. In der Hand hält sie eine Glühweintasse, aus der sie immer wieder einen Schluck nimmt. Als Hilla ihre Schwester erblickt, kommt sie auf sie zu und legt einen Arm um ihre Schulter. „Echt coole Party dieses Jahr", schreit Hilla ihr ins Ohr. Dann geht sie tanzend zurück zu den anderen. Hilla ist kaum wiederzuerkennen. Was war hier in ihrer Abwesenheit passiert?

Selbst der siebzigjährige Onkel Theo, der eigentlich mit Rheuma zu kämpfen hat, bewegt sich zufrieden, wenn auch völlig außer Takt, zur Musik. Seine Wangen glühen. Als er seine Nichte sieht, zeigt er den Daumen nach oben.

Seine Frau Monika, nur unwesentlich jünger, steht am Rand der Tanzfläche und stampft mit dem rechten Bein kräftig im Takt auf den Parkettboden. Kims Gesicht ist vollständig von ihren langen Haaren bedeckt, während sie ausgelassen herumhüpft und Luftgitarre spielt. Die Mutter ist entsetzt, schnappt nach Luft.

Dann fällt ihr Blick auf den Weihnachtsbaum. Eine Zornesfalte bildet sich auf ihrer Stirn. In den vergangenen Jahren hatten sie ihn immer zusammen geschmückt. Jetzt war dies schon geschehen, doch der Baum sieht aus wie ein Unfall. Die Weihnachtsbaumspitze sitzt schief und erweckt den Anschein, als würde sie jeden Augenblick herunterfallen. Kugeln liegen auf den Ästen, die elektrischen Kerzen sind kopfüber befestigt worden und das Lametta wurde scheinbar wahllos hineingeworfen. Zudem hat die Tanne Schlagseite nach links.

In diesem Augenblick geht Annika mit zwei vollen Glühweingläsern in der Hand an ihr vorbei.

„Moment mal", schreit die Mutter gegen die Musik an und hält ihre Tochter am Arm zurück. „Kannst du mir bitte erklären, was hier gerade passiert?"

„Wir feiern endlich mal eine coole Party", lallt Annika und wankt davon.

Dann geht die Mutter in die Küche. Dort sieht es wie auf einem Schlachtfeld aus.

„Kann ich noch ein Glas von dem hervor…, ähm, hervorgeragten Glühwein haben?", lallt Onkel Theo, der ihr gefolgt war. „Der schmeckt dieses Jahr, hicks, viel besser als sonst."

Die Mutter versteht die Welt nicht mehr. Sie hatte den gleichen Glühwein wie in den Jahren zuvor gekauft. Was war dieses Jahr anders? Warum sind alle derart angeheitert?

Die Erklärung findet sie, als sie sich den Korb mit den Flaschen für den Glascontainer genauer ansieht, denn dort entdeckt sie zwischen den leeren Glühweinflaschen mehrere leere Rumflaschen.

Keine Lust auf Heiligabend

„Bin ich froh, wenn wir den Abend hinter uns gebracht haben", sagt Kira, als ihr Mann Adrian das Auto vor dem Haus ihrer Eltern parkt. „Das Einzige, was meine Laune etwas bessert, ist die Vorfreude auf Sandras Gesicht, wenn Timmy sein Geschenk auspackt."

Das ganze Jahr über geht Kira ihrer Schwester Sandra aus dem Weg, denn sie hat ihr nie verziehen, dass sie ihr vor mehr als zehn Jahren mit Hilfe eines Tricks ein Stipendium weggeschnappt hat.

„Die paar Stunden werden auch vergehen. Und dann haben wir die beiden Weihnachtstage für uns und wieder ein ganzes Jahr Ruhe vor ihr", tröstet sie Adrian als sie aussteigen.

„Sie ist noch nicht da. Dann tragen wir das Geschenk schon mal rein und deponieren es in Papas Büro. Dort sieht es keiner."

Als Adrian die Pakete aus dem Kofferraum nimmt und auf den gefrorenen Boden stapelt, öffnet sich bereits die Haustür.

„Da seid ihr ja endlich!", ruft Kiras Mutter Johanna von weitem und kommt ihnen entgegen. „Meine Güte! Wieviel Geschenke habt ihr mitgebracht!?"

„Hallo Mama." Kira umarmt ihre Mutter. „Die sind alle für Timmy."

„Was ist denn darin?"

„Das ist eine Überraschung", sagt Adrian und umarmt seine Schwiegermutter zur Begrüßung.

Mit Hilfe von Kiras Vater Hans, der sie ebenfalls am Auto abholt, trägt Adrian die Pakete hinein. Als sie gerade das letzte weggebracht haben, trifft Sandra mit Mann und Sohn ein.

„Hallo Schwesterchen, schön dich zu sehen", flötet Sandra und umarmt ihre Schwester flüchtig.

„Hallo Sandra", entgegnet Kira kühl. Sie hasst diese Heuchelei. Sie tut, als wäre nichts gewesen. Dabei hatte sie ohne Stipendium nicht studieren können. Dafür hatten die Eltern damals kein Geld. Deshalb wendet sie sich ihrem achtjährigen Neffen zu. „Mensch Timmy, du bist ja bald schon so groß wie ich", staunt sie.

Nachdem sich alle begrüßt haben, setzen sie sich an den Esszimmertisch. Es gibt Gänsebraten mit Rotkohl und Klößen und zum Nachtisch Zimteis mit warmen Pflaumen. Während des Essens unterhalten sie sich über die geplanten Urlaube im kommenden Jahr, Timmys Schulwechsel im Sommer und die goldene Hochzeitsfeier der Eltern im Mai.

Dabei vermeidet es Kira, ihre Schwester direkt anzusprechen. Sandras Fragen beantwortet sie knapp. Wie jedes Jahr. Nur eines ist dieses Jahr anders. Mit dem Geschenk, was Adrian und sie für Timmy gekauft haben, wird sie den Zorn ihrer Schwester auf sich ziehen. Genau das ist ihre Absicht, Sandra zu verärgern. Doch es ist nichts im Vergleich zu dem, was Sandra ihr angetan hat.

„Lasst uns ins Wohnzimmer gehen", schlägt Hans vor, nachdem sie das Dessert gegessen haben. „Timmy ist bestimmt schon gespannt auf seine Geschenke. Aber gebt Adrian und mir zwei Minuten, wir müssen noch etwas vorbereiten."

Gemeinsam holen die beiden die Pakete aus dem Büro und stapeln sie neben dem Weihnachtsbaum. „Ihr könnt kommen", ruft Hans, als sie fertig sind.

Timmy macht große Augen, als er den Raum betritt. „Sind die ganzen Pakete für mich?", fragt er ehrfürchtig.

„Ja. Das kleine hier ist von Oma und mir und die großen sind von Kira und Adrian", erklärt Hans.

Timmy ist hin- und hergerissen, welches er zuerst auspacken soll. Er entscheidet sich zuerst für das seiner Großeltern. Hastig öffnet er den Geschenkkarton. Zum Vorschein kommt eine Kamera.

„Die ist super, danke. Da kann ich im nächsten Sommerurlaub tolle Bilder machen."

Dann wendet er sich den großen Paketen zu. Er nimmt das oberste herunter und reißt das Papier auf.

„Das ist ja der Hammer", ruft er freudestrahlend. „Das habe ich mir schon so lange gewünscht. Danke, Danke, Danke. Darf ich es sofort ausprobieren?"

Sandras Gesichtsausdruck wechselt von einer Sekunde zur anderen von mütterlichem Wohlwollen über die Freude ihres Sohnes beim Geschenkeauspacken hin zu blankem Entsetzen. Ihr Gesicht läuft vor Wut knallrot an.

Kira nimmt ihre Reaktion zufrieden zur Kenntnis. Sie weiß ganz genau, dass ihre Schwester total dagegen ist, dass Timmy ein Schlagzeug bekommt. Denn dann wird sie, die als Übersetzerin von zu Hause aus arbeitet, keine ruhige Minute mehr haben.

„Nein Timmy. Spar dir die Freude lieber für Zuhause auf. Da kannst du das Schlagzeug in deinem Zimmer aufbauen und jeden Tag üben", sagt Kira und lächelt Sandra zu.

Weihnachtsmusik

Genervt drückt Sebastian sein Kopfkissen auf beide Ohren. Es ist der 4. Advent und der Dreizehnjährige hätte ausschlafen können. Stattdessen reißt ihn seine fünfjährige Schwester Hannah um acht Uhr unsanft aus dem Schlaf.

Schon seit Tagen übt sie – ziemlich erfolglos – Weihnachtslieder auf ihrer Blockflöte, um Heiligabend und Weihnachten bei den Familienbesuchen vorzuspielen. Die falschen, schrillen Töne rauben Sebastian den letzten Nerv. Egal, wo er sich im Haus aufhält, überall verfolgen sie ihn.

Seufzend steht er auf und geht im Schlafanzug hinunter ins Wohnzimmer, wo Hannah im Nachthemd voller Inbrunst übt. Sebastian vermutet, es soll „Ihr Kinderlein kommet" sein, was sie gerade zu spielen versucht. Da sie wie immer nur selten die richtigen Töne trifft, ist es schwer zu erkennen. Seiner Ansicht nach ist sie völlig talentfrei und handelt frei nach dem Motto: Wenn ich schon nicht spielen kann, dann wenigstens laut.

„Hör endlich mit dem Gejaule auf", motzt Sebastian. „Das ist ja fürchterlich."

„Lass Hannah in Ruhe üben. Sie möchte uns gerne an Heiligabend etwas vorspielen", mischt sich ihre Mutter beschwichtigend ein.

„Aber das nervt total. Und nützen tut es auch nicht."

Hannah sieht enttäuscht von einem zum anderen. Es scheint, als wäre sie kurz davor, in Tränen auszubrechen. Dass ihr Bruder derart gemein zu ihr ist, trifft sie.

„Hör nicht auf deinen Bruder. Er ist heute scheinbar mit dem linken Fuß zuerst aufgestanden. Übe ruhig weiter, wir freuen uns schon auf dein Vorspielen", versucht die Mutter Hannah Mut zuzusprechen.

Und es hilft tatsächlich. Ein Strahlen huscht über ihr Gesicht und sie beginnt wieder zu spielen.

Wütend stapft Sebastian in sein Zimmer und knallt die Tür hinter sich zu. Klar, dass seine Mutter wieder zu seiner Schwester hält. Immer muss er Rücksicht auf sie nehmen: „Lass Hannah am Fenster sitzen, sie ist noch so klein", „Sei nicht so laut, Hannah schläft schon" oder „Hannah möchte jetzt Fernsehen gucken, du kannst morgen wieder Fußball schauen". Doch nimmt sie Rücksicht auf ihn?

Wütend tritt er gegen den Mülleimer neben seinem Schreibtisch, dreht seine Stereo-Anlage auf volle Lautstärke und wirft sich aufs Bett. Kurz darauf betritt seine Mutter das Zimmer und stellt die Musik ab.

„Was soll das? Du weckst die ganze Nachbarschaft", schimpft sie.

„Lass die Musik an. Ich kann es nicht mehr ertragen, wie sie die Blockflöte quält."

„Ich stelle sie wieder an, aber auf Zimmerlautstärke. Es sind nur noch ein paar Tage, in denen du die Blockflöte ertragen musst. Nach Weihnachten ist es vorbei. Deine Schwester freut sich so sehr auf das Vorspielen, verderbe ihr die Freude nicht." Dann verlässt die Mutter das Zimmer.

Nur noch eine paar Tage? Es sind ganze vier Tage und die können ziemlich lang werden. Deshalb muss er sich etwas einfallen lassen.

An Heiligabend wird Sebastian durch laute, aufgeregte Stimmen geweckt. Er öffnet seine Zimmertür um zu lauschen, was unten im Wohnzimmer vor sich geht.

„Wo hast du sie denn gestern Abend hingelegt?", fragt die Mutter.

„Weiß ich nicht mehr", schluchzt Hannah verzweifelt.

„Hast du überall in deinem Zimmer nachgeschaut?"

„Ja", antwortet sie kläglich.

„Dann suchen wir jetzt zusammen das Wohnzimmer ab. Irgendwo muss sie ja sein. Sie kann nicht verschwunden sein."

„Was ist denn los?", fragt Sebastian, als er das Wohnzimmer betritt.

„Hannah findet ihre Blockflöte nicht. Sei so nett und hilf uns beim Suchen", bittet die Mutter.

„Nee, das ist nicht mein Problem. Vielleicht hat sie Beine gekriegt und ist schnell weggelaufen, bevor sie weiter gequält wird", entgegnet Sebastian und trollt sich.

„Sei nicht so gemein. Du siehst doch, wie traurig deine Schwester ist", ruft ihm die Mutter hinterher.

Mit Sicherheit wird er nicht helfen. Er ist froh, dass endlich wieder Ruhe im Haus herrscht.

Am Abend, als beide Großelternpaare eintreffen, ist die Blockflöte immer noch verschwunden. Hannah läuft mit einem traurigen Gesicht umher und kann sich über nichts freuen.

Als die Familie nach dem Essen im Wohnzimmer sitzt, der Weihnachtsbaum hell erstrahlt und die Geschenke verteilt werden, kullern erneut dicke Tränen über ihr Gesicht.

„Was ist mit dir Hannah?", fragt Oma Inge.

„Ich wollte euch auf meiner Blockflöte etwas vorspielen. Ich habe extra ganz viel geübt. Aber jetzt ist sie weg", schluchzt Hannah.

„Das ist doch nicht so schlimm. Dann spielst du uns etwas vor, wenn wir euch das nächste Mal besuchen", tröstet Oma Inge.

„Aber, aber dann ist nicht mehr Weihnachten", entgegnet Hannah und schnäuzt in ihr Taschentuch.

„Wir freuen uns nach den Feiertagen auch noch darüber."

Doch nichts kann Hannah trösten. Leise schluchzt sie vor sich hin.

„Jetzt packt erst mal eure Geschenke aus", sagt die Mutter, in der Hoffnung, ihre Tochter würde dadurch abgelenkt. „Links unterm Baum liegen Hannahs Päckchen, rechts Sebastians."

Sebastian fällt sofort über seine Geschenke her und reißt das Papier herunter.

„Mensch super. Danke", freut er sich über das neue Smartphone. Auch die Computerspiele und die Eintrittskarte zu einem Fußballspiel seines Lieblingsvereins treffen seinen Geschmack.

Hannah hingegen packt langsam ihre Geschenke aus, bedankt sich artig für die Puppe und das Fahrrad und setzt sich mit der Puppe im Arm wieder aufs Sofa. Von dort aus beobachtet sie stumm, wie sich ihr Bruder über sein Smartphone freut und es direkt ausprobiert.

Nach einiger Zeit bekommt Sebastian ein schlechtes Gewissen. Seine kleine Schwester hatte ihn in den letzten Tagen mit ihrer Blockflöte fürchterlich genervt. Doch dass sie am Heiligen Abend so traurig ist, tut ihm leid.

„Lasst uns alle zusammen die Blockflöte suchen. Vielleicht finden wir sie und Hannah kann uns etwas vorspielen", sagt Sebastian und steht auf.

„Nanu. Den Vorschlag aus deinem Mund zu hören, hätte ich nicht erwartet", entgegnet die Mutter erstaunt.

„Es ist Heiligabend. Da sollten wir alle fröhlich sein. Wir fangen mit dem Wohnzimmer an, gehen danach in den Flur, das Esszimmer und die Küche."

Dann durchsuchen sie gemeinsam das große Wohnzimmer. Sie schauen unter das Sofa, die Sessel, durchforsten sämtliche Schränke und Schubladen. Vergeblich. Nirgendwo ist die Flöte zu finden. Während die anderen Familienmitglieder sich im Flur und in der Küche umsehen, bleibt Sebastian zurück.

„Ich habe sie!", ruft er plötzlich. „Sie war zwischen die Polster des Sofas gerutscht."

„Juhu", schreit Hannah, stürmt auf ihren großen Bruder zu und umarmt ihn. „Danke, dass du sie gefunden hast."

Seelig nimmt sie die Blockflöte an sich und strahlt über das ganze Gesicht „Jetzt spiele ich euch etwas vor."

Sebastian lächelt gequält. Er schämt sich dafür, dass er so gemein gewesen war und die Flöte versteckt hatte. Beinahe hätte er seiner Schwester das Weihnachtsfest verdorben. Die schrägen Töne nerven ihn zwar immer noch fürchterlich, aber mit Ohrenstöpseln lassen sie sich besser ertragen.

Das besondere Weihnachtsgeschenk

Sebastians Handflächen sind schweißnass, sein Herz klopft vor Aufregung. Wird sich Maja über sein Geschenk freuen? Lange hatte er sich den Kopf darüber zerbrochen, was er ihr zu Weihnachten schenken könnte. Sie sind erst seit wenigen Monaten ein Paar und somit ist es das erste Weihnachtsfest, das sie zusammen verbringen werden. Maja ist seine absolute Traumfrau: intelligent, hübsch und mit üppigen Kurven ausgestattet. Deshalb sollte es ein ganz besonderes Geschenk sein. Für einen Ring oder eine Kette findet er den Zeitpunkt zu früh, eine CD oder ein Parfüm erscheint ihm zu dürftig.

Erst nach langem Überlegen hatte er endlich das Richtige gefunden. Und jetzt, am Heiligen Abend, möchte er es ihr in einem angemessenen Rahmen überreichen. Er hat Fondue vorbereitet und den Tisch festlich mit silbernen Kerzenständern, kunstvoll gefalteten Servietten und kleinen Weihnachtsbaumkugeln dekoriert. Im Hintergrund läuft eine CD mit Weihnachtsliedern.

„Liebe Maja", beginnt er feierlich, erhebt sich von seinem Stuhl und deutet ihr an, ebenfalls aufzustehen. In seinen Händen hält er ein rechteckiges, ungefähr drei bis vier Zentimeter hohes Päckchen. „Ich habe lange nach einem passenden Weihnachtsgeschenk für dich gesucht. Schließlich soll es zu unserem ersten gemeinsamen Weihnachtsfest etwas Besonderes sein. Es setzt sich aus zwei Teilen zusammen. Mit dem ersten…", Sebastian reicht ihr das Päckchen, „…wirst du neue Erkenntnisse sammeln. Es soll dazu anregen, dich auf etwas Neues einzulassen und dich ausführlich auf das große Endziel vorbereiten. Es wird zuerst aufwendig und anstrengend sein, aber am Ende umso schöner. Ich denke, es ist genau das Richtige für dich und letztendlich auch für mich und hoffe, du freust dich darauf so sehr wie ich."

Maja betrachtet überwältigt das kunstvoll verpackte und mit einer großen Schleife verzierte Geschenk.

„Vielen Dank für deine lieben Worte", bringt sie gerührt hervor. Er scheint sich wirklich Mühe bei der Auswahl gegeben zu haben. Das gefällt ihr. Den ganzen Tag hatte sie überlegt, was er ihr schenken wird. Eine Kette? Oder vielleicht edle Dessous? Doch nach dieser Ansprache zu urteilen, muss es sich um etwas anderes, etwas viel Größeres handeln.

Erwartungsvoll beobachtet Sebastian, wie Maja mit strahlenden Augen das Geschenk von dem edlen Papier befreit. Direkt nachdem sie es ausgepackt hat, wird er ihr den zweiten Teil überreichen.

Als Maja das Papier abstreift, weicht Sebastian die Farbe aus dem Gesicht. Ihm bleibt vor Schreck die Luft weg. Zum Vorschein kommt das Buch, das für seinen übergewichtigen Bruder Martin gedacht war. In diesem beschreibt die Autorin, wie man Schritt für Schritt zu seinem Wunschgewicht gelangt.

Genau in dem Augenblick, als er den Mund öffnet, um die Verwechslung aufzuklären, trifft ihn eine schallende Ohrfeige.

„So eine Unverschämtheit", schimpft Maja. „Das hätte ich nicht von dir erwartet! Warum bist du denn eine Beziehung mit mir eingegangen, wenn du mich zu dick findest?"

Jetzt wäre die Gelegenheit gekommen, den Irrtum klarzustellen und ihr anschließend zu sagen, dass sie nicht zu dick ist. Stattdessen rutscht ihm ein „Für mich brauchst du nicht abzunehmen" heraus.

Ihn trifft eine weitere schallende Ohrfeige.

„Das war's mit uns. Es ist aus! Wie konnte ich mich nur so in dir täuschen", sagt Maja tief enttäuscht. Dann schmeißt sie wutentbrannt das Buch auf den Boden, nimmt ihren Mantel von der Garderobe und verlässt das Haus. Bevor der verdutzte Sebastian reagieren kann, ist sie bereits in ihr Auto gestiegen und davongefahren.

Dabei hatte er bei der feierlichen Geschenkübergabe lediglich über den Reiseführer gesprochen, den er ihr zur Vorbereitung auf das große Geschenk, eine Wochenendreise nach Paris, in die Stadt der Liebe, schenken wollte.

Das lebendige Weihnachtsgeschenk

„Weißt du was? Wir schenken Sophie zu Weihnachten einen Hamster. Sie wünscht ihn sich so sehr", sagt Katharina, als sie zwei Tage vor Heiligabend mit ihrem Mann Andreas Fernsehen schaut und den Wunschzettel ihrer sechsjährigen Tochter in den Händen hält. Darauf steht in krakeliger Kinderschrift lediglich ein einziges Wort geschrieben. „Eigentlich war ich ja immer gegen ein Tier, aber ein Hamster ist pflegeleicht, und wenn wir in Urlaub fahren, können wir ihn bei meiner Schwester unterbringen. Außerdem hat Sophie nichts weiter auf ihrem Wunschzettel stehen. Andere Kinder wollen ein Fahrrad oder einen Computer und sie hat nur diesen einen bescheidenen Wunsch."

„Also gut. Dann soll sie ihn bekommen. So lernt sie frühzeitig, Verantwortung zu übernehmen", gibt sich ihr Mann, der ebenfalls nie ein Haustier wollte, geschlagen. „Aber eines sage ich dir: Ich werde mich nicht um ihn kümmern."

Am nächsten Tag nach Feierabend fährt Andreas in die Tierhandlung im Nachbarort. Minutenlang geht er vor den Käfigen auf und ab. Die Entscheidung für einen der Hamster fällt ihm nicht leicht. Er betrachtet eingehend jedes einzelne Tier. Es soll ja ein besonders schönes Exemplar sein. Schließlich fällt seine Wahl auf einen hellbraunen Hamster, der gerade seine Backentaschen mit einer Möhre vollstopft und Andreas währenddessen aufmerksam beobachtet.

„Das ist das perfekte Weihnachtsgeschenk", denkt Andreas.

Dazu kauft er einen großen Käfig mit Laufrad und einem roten Holzhäuschen, in dem der Hamster gemütlich schlafen kann.

Eine halbe Stunde später verlässt er zufrieden das Geschäft und fährt nach Hause. Mit seiner Frau hatte er abgesprochen, dass sie am frühen Abend mit Sophie spazieren geht, damit sie nicht bemerkt, wenn er mit dem neuen Familienmitglied nach Hause kommt.

Erst am späten Abend, als Sophie bereits schläft, holt Andreas den Käfig mit dem inzwischen ruhig schlummernden Hamster aus seinem Versteck im Elternschlafzimmer hinunter in die Küche.

„Wir müssen ihm frisches Wasser und ein paar Stückchen Apfel und Möhre geben", sagt Andreas und stellt den Käfig auf einen Stuhl.

„Dann tausche du das Wasser aus, ich schneide in der Zeit den Apfel und die Möhre klein", bestimmt Katharina und macht sich an die Arbeit.

„Er ist schon putzig, der kleine Kerl. Sieh nur, wie friedlich er in seinem Häuschen schläft. Er scheint ein ganz braver Kerl zu sein. Mit ihm werden wir bestimmt keine Probleme haben", vermutet Andreas, nimmt die Wasserschale heraus und schaltet das Radio ein, in dem gerade „Last Christmas" von Wham gespielt wird. Gut gelaunt und bereits in Weihnachtsstimmung singt er den Text mit.

„Du hast recht, er ist ganz niedlich", stimmt seine Frau zu und betrachtet den Hamster. „Ich bin gespannt, wie Sophie ihn nennen wird."

„Vielleicht Sleepy, weil er so viel schläft", scherzt Andreas.

„So, das Wasser ist ausgetauscht. Ich hole noch schnell ein

bisschen frisches Heu aus dem Schuppen. Bin sofort wieder da.“

„Du kannst ihn jetzt wieder zurück in sein Häuschen setzen“, sagt Andreas zu seiner Frau, als er ein paar Minuten später das Heu im Käfig verteilt hat.

Katharina, die die ganze Zeit über mit dem Rücken zum Käfig gestanden hatte, dreht sich erstaunt um. „Wieso zurück in sein Häuschen setzen? Ich habe ihn gar nicht herausgenommen!“

Andreas erstarrt. „Das gibt es doch nicht! Er ist weg!“ Ungläubig sieht er sich um. „Der ist einfach abgehauen! Dabei hat er gerade noch geschlafen!“

„Hast du etwa den Käfig offen gelassen?“, fragt Katharina vorwurfsvoll.

„Ich war doch nur einen kurzen Augenblick weg“, verteidigt sich Andreas.

„Und den hat der putzige brave Kerl direkt ausgenutzt“, erwidert Katharina ironisch. „Wir müssen ihn finden, bevor irgendeiner von uns versehentlich auf ihn tritt oder ihn zwischen einer Türe zerquetscht.“

Andreas überlegt. „Er kann nur hier in der Küche oder im Wohnzimmer sein. Die anderen Türen waren verschlossen.“

„Welch ein Trost!“, sagt Katharina spöttisch. „Genug Verstecke gibt es allemal.“ Die friedvolle Adventsstimmung ist dahin.

Zuerst robben beide auf den Knien durch die Küche. Sie schauen unter die Eckbank, unter die Schränke und den Herd. Sogar die leeren Verpackungen, die neben dem Mülleimer stehen, die Andreas noch nicht hinaus in den Papiermüll gebracht hat, durchsuchen sie. Ohne Erfolg. Dann rutschen sie auf den Knien weiter ins Wohnzimmer. Während Katharina hinter der Vitrine und dem Klavier nachsieht, übernimmt ihr Mann die Sitzecke.

„Da ist er", ruft Andreas plötzlich. „Er sitzt unter dem Sofa. Pass du auf die linke und die vordere Seite auf. Ich rücke rechts die Couch ein Stückchen von der Wand ab und versuche, mich dahinter zu quetschen."

Sein Plan scheint zu funktionieren. Eingeschüchtert hockt der neue Familienzuwachs vor der Fußleiste. Doch nur, um in dem Moment blitzschnell loszuflitzen, als Andreas seine Hand nach ihm ausstreckt. Alle Bemühungen ihn zu fassen misslingen. Sofort robbt Andreas zurück. Als er wieder hinter dem Sofa hervorgekommen ist und sich aufrichten will, stößt er mit dem Kopf gegen den Beistelltisch aus Glas.

„Vorsicht, der Tisch", ruft Katharina. Doch da ist es schon zu spät.

„Autsch", schimpft Andreas und fasst sich an die Schläfe.

„Aua, verdammt noch mal", flucht er kurz darauf erneut und fasst sich an den Hinterkopf. Die schwere Kristallvase, die auf dem Tisch gestanden hatte, war ins Wanken geraten und nach kurzem Taumeln umgefallen.

„Das ist echte deutsche Wertarbeit", sagt er grimmig, als er sich aufgerappelt hat. „Die Vase ist nicht einmal kaputt gegangen."

„Der Hamster sitzt jetzt unter dem Schrank", sagt Katharina, nachdem sie ihrem Mann einen Eisbeutel zum Kühlen geholt hat.

Andreas betrachtet kopfschüttelnd den schweren Eichenschrank. „Den kann ich unmöglich abrücken."

Fieberhaft denken beide nach.

„Ich hab eine Idee", sagt Katharina plötzlich. „Wir legen einfach ein paar Apfelstückchen auf den Fußboden. Vielleicht hat er Hunger und kommt von allein wieder hervor."

„Das könnte funktionieren", stimmt Andreas zu und Katharina legt mit dem Futter eine Spur vom Schrank bis in die Mitte des Wohnzimmers. So wird er hoffentlich Stück für Stück in ihre Richtung kommen, damit sie eine Chance haben, ihn einzufangen.

Leider erweist sich die brillante Idee nicht als die Lösung ihres Problems. Nachdem die beiden zwei Stunden auf dem Sofa gesessen und unentwegt auf den Schrank gestarrt haben, hat Andreas die Nase gestrichen voll. „Mir reicht es. Dieser scheinheilige kleine Kerl ist ein ganz gerissener Bursche. Aber ich lasse mich von ihm nicht verschaukeln. Ich bin müde und gehe jetzt ins Bett", schimpft er und geht ins Schlafzimmer. Katharina seufzt. Auch sie ist müde. „Wir stellen den Käfig auf den Boden. Vielleicht erledigt sich das Problem über Nacht ganz von selbst", sagt sie und folgt ihrem Mann.

Als die beiden früh am nächsten Morgen das Wohnzimmer betreten, liegt der Hamster friedlich schlafend in seinem Käfig.

„Ach nein. Schau ihn dir an. Er schnarcht hier seelenruhig vor sich hin und wir haben uns gestern die halbe Nacht um die Ohren geschlagen, um ihn einzufangen", sagt Andreas mürrisch, während Katharina sich im Wohnzimmer umsieht.

„An seiner Stelle wäre ich auch müde, so aktiv wie er letzte Nacht gewesen ist", sagt Katharina und verzieht das Gesicht.

„Was meinst du?"

„Nun, Sophie wird die Einzige sein, die sich über ihr Weihnachtsgeschenk freut."

„Schatz, es ist noch viel zu früh und ich bin viel zu müde, um deine Andeutungen zu verstehen", nörgelt Andreas.

„Ich meine, gut dass ich den Strom diese Nacht noch ausgeschaltet habe. Wir werden über die Feiertage weder Weihnachts-CD's hören, noch Fernsehen schauen. Unser neuer Freund hat nämlich sämtliche Kabel angeknabbert."

„Na dann, frohe Weihnachten."

Ludwig rettet das Weihnachtsfest

„Ludwig! Kannst du mir das bitte erklären!" Henriettes Stimme schallt drohend durch das Haus.

Ihr Mann, der in der Küche sitzt und Weihnachtsplätzchen isst, zuckt erschrocken zusammen. Die unmissverständliche Aufforderung kam aus dem Wohnzimmer. Demnach hat sie den Weihnachtsbaum, den er vor einer halben Stunde aufgestellt hatte, entdeckt.

Ludwig seufzt und steht auf. Wie jedes Jahr wird sie etwas an dem Baum auszusetzen haben und wie jedes Jahr wird eine heftige Diskussion folgen. Sie werden streiten, sie wird verärgert sein und nicht eher Ruhe geben, bis er einen neuen Baum besorgt hat. Dabei ist das diesjährige Exemplar seiner Meinung nach perfekt.

Henriette schäumt vor Wut, als Ludwig das Wohnzimmer betritt. „Du hast schon wieder einen Krüppel angeschleppt. Dabei weißt du genau, wie ich mir unseren Baum vorstelle", wirft sie ihm vor und sieht ihn mit bitterbösem Blick an.

„Ich weiß nicht, wo dein Problem liegt. Der Stamm ist kerzengerade und die Äste sind dicht gewachsen", verteidigt Ludwig seinen Kauf.

„Du solltest mal zum Augenarzt gehen mein Lieber, wenn du das Loch hier nicht siehst!" Sie deutet auf eine Stelle, wo die Äste ein wenig kürzer sind als der Rest.

Ludwig verdreht genervt die Augen. „Du übertreibst wieder maßlos. Der Längenunterschied ist minimal und das ist das

Einzige, was man an ihm bemängeln kann. Wir stellen diese Seite gegen die Wand und niemand wird es bemerken."

Diese Gleichgültigkeit bringt Henriette erst recht in Rage. „Unser Baum soll keine Stellen haben, die man verstecken muss. Ich will, dass hier ein rundherum makelloses Exemplar steht, wenn die Kinder kommen."

„Du wirst keines finden. Bei den Tannen ist es wie bei den Menschen. Jede hat ihren kleinen Schönheitsfehler." Eindringlich sieht er seine Frau an. Es ist Heiligabend und er hat keine Lust, stundenlang in überfüllten Geschäften nach einem perfekten Exemplar zu suchen. Hoffentlich hat sie ein Einsehen und akzeptiert die Nordmanntanne.

„Willst du damit etwa sagen, dass ich über den Makel des Baumes hinwegsehen soll, weil ich einen Schönheitsfehler habe?", fragt sie erbost.

„So habe ich das nicht gemeint. Mit dir ist alles in Ordnung." Ludwig schüttelt den Kopf. Diese Diskussion führt zu nichts. Jedes weitere Wort würde die Situation nur verschlimmern. Er weiß, ohne perfekten Weihnachtsbaum gibt es kein besinnliches Weihnachtsfest. Henriette würde ihm bei jeder sich bietenden Gelegenheit den Fehlkauf vorhalten. „Beruhige dich", sagt er entnervt. „Ich fahre zum Gartencenter."

Der Parkplatz des Geschäfts ist voll. Mehrere Male fährt Ludwig durch die Reihen bis er Glück hat und ein Auto seine Parklücke verlässt.

Anschließend bahnt er sich lustlos einen Weg durch die zahlreichen Reihen mit Nordmanntannen. Jede einzelne betrachtet er akribisch, prüft den Stamm und sämtliche Äste. Nach und nach wird ihm klar, dass keiner den hohen Ansprüchen seiner Frau genügen wird. Die eine Tanne ist zu klein, die andere hat unterhalb der Spitze zu wenig Äste und die nächste einen schiefen Stamm.

Ludwig ist der Verzweiflung nahe, will schon aufgeben. Doch dann, am Ende der letzten Reihe, erblickt er den perfekten Weihnachtsbaum: groß, gut gebaut und von makelloser Schönheit. Ludwig freut sich. Heiligabend ist gerettet.

Als er zu Hause eintrifft, ist seine Frau mit den Vorbereitungen für die Kaffeetafel und das Abendessen beschäftigt. In aller Ruhe stellt er den neuen Weihnachtsbaum im Wohnzimmer auf, hängt Kugeln, Strohsterne und Eiskristalle hinein und bringt den alten in die Garage. Mit dem Ergebnis ist er mehr als zufrieden.

Dann ruft er Henriette zur Abnahme.

„Ludwig! Den hast du gut ausgesucht. Es ist wirklich ein Prachtexemplar!", lobt sie ihren Mann und strahlt über das ganze Gesicht. Gerade will sie näher herantreten, da klingelt es.

„Das sind die Kinder", sagt sie und geht zur Haustür.

Ludwig folgt ihr erleichtert. Welch glücklicher Zufall, dass sie genau in diesem Moment eintreffen.

Nach einer herzlichen Begrüßung setzen sich alle an die Kaffeetafel im Wohnzimmer. Der Blick ihrer Tochter Nina fällt sofort auf den Weihnachtsbaum. „Wow, solch einen prächtigen Baum habe ich noch nie gesehen! So gleichmäßig und dicht gewachsen."

Henriette ist stolz und lächelt zufrieden und Ludwig setzt sich entspannt an den Tisch. Es wird ein harmonischer Heiligabend werden, so, wie er es liebt. Seine Frau wird mit der

Bewirtung der Kinder beschäftigt sein und vorerst nicht bemerken, dass er einen sehr echt aussehenden Plastikbaum gekauft hatte.

Weihnachtsmann im Dienst

„Frohe Weihnachten", grüßt der Weihnachtsmann, alias Jakob Weinheim, freundlich, als er Heiligabend zu Fuß zu seinem nächsten Einsatzort geht. Zahlreiche Dorfbewohner kommen ihm entgegen, strömen zur Kirche Richtung Ortsmitte: Mütter und Väter samt Sprösslingen und Großeltern.

Ein kleines Mädchen bleibt vor ihm stehen und sieht ihn erwartungsvoll an. „Hast du meine Geschenke in deinem Sack?", fragt sie ihn mit leuchtenden Augen.

„Ich weiß nicht. Wie heißt du denn?", fragt Jakob.

„Hannah. Hannah Berger", antwortet das Mädchen.

Der Weihnachtsmann kratzt sich nachdenklich am Kopf. „Hannah Berger. Nein, die habe ich nicht dabei. Die bringt einer meiner Helfer vorbei. Weißt du, ich habe viele Helfer, ich kann nicht selbst zu allen Kindern kommen."

„Na gut", sagt die Kleine. „Aber nach dem Gottesdienst sind die Geschenke da, oder?"

„Natürlich. Ich werde meinem Kollegen Bescheid sagen, dass sie nach dem Gottesdienst bei euch unter dem Weihnachtsbaum liegen müssen."

Dann geht der Weihnachtsmann weiter zum Ende des Dorfes. Dort ist es ruhig auf den Straßen, der Großteil der Dorfbewohner scheint am Gottesdienst teilzunehmen. Mit geübtem Blick hält er Ausschau nach Häusern, die verlassen erscheinen und wo die Bewohner eventuell ein Fenster nicht geschlossen haben. Es dauert nicht lange, da hat er bereits die erste Einstiegsmöglichkeit entdeckt. In der zweiten Etage ist ein Fenster gekippt. Darunter steht eine große Wassertonne, quasi eine Einladung für ihn. Die Jalousien sind nicht heruntergelassen, im ganzen Haus ist es dunkel und von den Nachbarn aus ist das betroffene Fenster nicht einsehbar. Schnell steigt er auf die Tonne, öffnet es und klettert ins Badezimmer hinein. Das Ganze dauert nicht einmal zwei Minuten. Er ist zufrieden. Trotz seiner fünfzig Jahre ist er noch sehr beweglich. Schließlich trainiert er auch das ganze Jahr über für seine Arbeit.

Aus seiner Manteltasche holt er eine Taschenlampe hervor und lässt den Schein über den Fußboden gleiten. Er verlässt das Bad und sucht die Schlafzimmer. Als erstes betritt er ein Kinderzimmer. Hier gibt es erfahrungsgemäß nicht viel zu holen, außer dem Inhalt einer Spardose. Diese steht gut zu erkennen auf einem Regal. Er hebt sie hoch. Sie fühlt sich schwer an. Das Geld darin reicht bestimmt, um einmal mit seiner Frau Essen zu gehen. Um Zeit zu sparen, steckt er das ganze Schwein in seinen Sack. Dann macht er sich auf die Suche nach dem Elternschlafzimmer. Es liegt direkt nebenan. Dort gibt es meist mehr zu holen. Im Nachttisch entdeckt er Bargeld zwischen zwei Büchern. Er schüttelt den Kopf. Die Leute sind so leicht zu durchschauen. Im Kleiderschrank hinter den Handtüchern findet er eine Schmuckschatulle. Das war vorauszusehen. Den Inhalt - natürlich nimmt er nur den echten Schmuck und lässt den Modeschmuck zurück - schüttet er in einen Plastikbeutel. Davon hat er immer genügend dabei. Alles muss schließlich seine Ordnung haben. Zum Schluss geht er die Treppe hinunter ins Untergeschoss. Im Wohnzimmer steht ein großer, festlich geschmückter Weihnachtsbaum. Darunter liegen schon die Geschenke für die Bescherung bereit. Er macht sich nicht die Mühe, sie zu öffnen, steckt die kleineren sofort in seinen Sack. Etwas Spannung muss er sich für später bewahren. Vielleicht ist ja etwas Wertvolles, wie ein Smartphone oder eine Digitalkamera, dabei.

Dann beendet er seinen Einsatz, steigt vom Badezimmerfenster wieder auf die Regentonne und springt hinunter.

Auf dem Boden angekommen zückt er sein Smartphone und sucht aus dem Telefonbuch die Adresse der Familie Berger heraus. Da Hannah, die mit ihrer Familie auf dem Weg in die Kirche war, so nett war ihren Nachnamen zu verraten, kann er deren Abwesenheit auch direkt ausnutzen. Perfekt. Sie wohnen nur zwei Häuser weiter.

Im Schutz zahlreicher Bäume und Sträucher schleicht Jakob unbehelligt auf das Grundstück. Eine Haustür, die mit einer Scheckkarte zu öffnen ist, macht ihm das Eindringen leicht. Durch eine Glastür erkennt er den Weihnachtsbaum im Wohnzimmer und geht zielstrebig hinein. Auch hier liegen Geschenke unter dem Weihnachtsbaum. Wieder sammelt er die kleineren Päckchen ein und verstaut sie in seinem Sack.

Dann zuckt er erschrocken zusammen. Hinter ihm ein leises, bedrohliches Knurren. Langsam dreht sich Jakob um. Vor ihm steht ein Golden-Retriever. Er ist erleichtert. Das Knurren dieses netten Familienhundes klingt eher halbherzig. Damit hat er Erfahrung. Aus der Manteltasche holt er ein paar Stückchen Wurst hervor und füttert ihn. Erfreut schnappt der Hund ein Wurststück nach dem anderen. Danach lässt er sich ausgiebig von Jakob streicheln.

„Bist ein braver Hund", sagt er und tätschelt ihm den Kopf. „Nur ein guter Wachhund bist du nicht."

Mit solchen Hunden hatte er schon mehrfach Bekanntschaft gemacht. Sie ließen sich von fremden Leuten streicheln und wenn sie gekonnt hätten, hätten sie ihm noch beim Heraustragen der Beute geholfen.

„So. Jetzt muss ich aber gehen", sagt Jakob nach ein paar Minuten. Schließlich wird der Gottesdienst bald zu Ende sein.

Als er zur Glastür geht, läuft der Golden-Retriever an ihm vorbei und versperrt ihm den Weg hinaus. Jakob will an ihm vorbei gehen, doch der Hund knurrt ihn an.

Jakob weicht einen Schritt zurück und wirft ihm noch ein Stück Wurst hin. Aber er frisst es nicht. Jakob startet erneut einen Versuch, das Wohnzimmer zu verlassen. Der Golden-Retriever fletscht die Zähne und knurrt. Laut und drohend. Als Jakob noch einen Schritt auf ihn zugeht, schnappt der Hund nach seinem Mantel. „Verflixt", schimpft Jakob und tritt zurück. Dabei reißt der Stoff.

Jetzt ist ihm klar, dass es für ihn durch diese Tür kein Entkommen gibt. Er hat die Situation unterschätzt. Stattdessen versucht er durch die Terrassentür zu entkommen, doch auch daran wird er gehindert.

Verzweifelt lässt sich Jakob auf einen Stuhl sinken. In wenigen Minuten wird die Familie zurückkehren. Hannah wird sich darüber freuen, dass der Weihnachtsmann da ist. Ihre Eltern werden jedoch dafür sorgen, dass er den Heiligen Abend nicht zu Hause mit seiner Familie verbringt.

Inhalt

noch mehr Weihnachten ...

Frohe Weihnachten – Familie, Geschenke & Co.

BoD, Norderstedt, 2016
ISBN 9-783741-226007
Broschiert, 8,50 €

Zum Inhalt:

Weihnachten – die Zeit des Jahres, mit der Familie besinnliche Stunden zu verbringen und anderen eine Freude zu bereiten. Doch das verläuft nicht immer reibungslos.
Die alleinstehende Lehrerin Mechthild tyrannisiert ihre Familie mit ihrer gnadenlosen Ehrlichkeit, bis ihr Schwager Matthias zum Gegenschlag ausholt. Finanziell gut gestellt möchte Maja Menschen, die sich weder Geschenke noch Weihnachtsmenü leisten können, ein schönes Fest bereiten.
Jenna verschenkt die hässliche Vase Nachbarin weiter, ohne zu ahnen, dass sie das noch sehr bereuen wird.
Mal heiter, mal besinnlich sind diese Geschichten rund um das Fest der Liebe.

Krimis von Stephanie Werner:

Zerbrochenes Eis

BoD, Norderstedt, 2012
ISBN 9-783848-206131
Broschiert, 10,90 €

Zum Inhalt:

In den norwegischen Wäldern nahe Geilo wird vor einer abgebrannten Hütte die Leiche einer jungen Schriftstellerin entdeckt. Ein am Tatort gefundenes Foto zeigt zwei ehemalige Schulfreundinnen und einen Schulfreund der ermittelnden Kommissarin Lena Nylund. Eine dieser Frauen kam vor vielen Jahren bei einem Autounfall ums Leben, während die andere und der Mann am gleichen Tag spurlos verschwanden.
Wer ist die tote Schriftstellerin wirklich und in welcher Beziehung stand sie zu den Schulfreunden der Kommissarin? Die Ermittlungen werden für Lena zu einer Reise in ihre Vergangenheit, bei der sie in Lebensgefahr gerät.

Eiskalte Seele

BoD, Norderstedt, 2014
ISBN 9-783735-762184
Broschiert, 10,90 €

Zum Inhalt:

Der erfolgreiche Geschäftsmann Kurt Storm wird in seinem
Haus in Wiehl brutal ermordet. Schnell stoßen die Kommissare Julia Hauswald und Alexander Thiele bei ihren Ermittlungen auf erschütternde Lebensgeschichten, die sowohl
Storms Nachbarn, als auch seiner Familie Motive liefern. Ist
es einer der Nachbarn gewesen, dessen Leben durch das
skrupellose Verhalten des Geschäftsmannes zerstört wurde?
Oder war es jemand aus seiner Familie, die er zeitlebens
tyrannisiert hat? Erst als ein zweiter Mord geschieht, erhalten
die Kommissare entscheidende Hinweise.

Reisegeschichten aus nördlichen Regionen:

Gletscher, Eis und wilde Tiere
Unterwegs in Grönland, Spitzbergen und Alaska

BoD, Norderstedt, 2017
ISBN 9-783744-834957
Broschiert, 10,99 €

Zum Inhalt:

Grönland, Spitzbergen, Alaska: Diese Regionen stehen für atemberaubende Landschaften, endlose Weiten und wilde Tiere. Mit dem Schiff reiste Stephanie Werner in die teils abgelegenen Gebiete, von denen jedes einzelne einen ganz besonderen Reiz besitzt. In Grönland besuchte sie abgeschiedene Siedlungen, und bewunderte gigantische Eisberge, während sie auf Spitzbergen mit dem Schlauchboot in Gegenden anlandete, die nur selten von Menschen betreten werden, und Eisbären beobachtete. Mit der Reise nach Alaska erfüllte sich schließlich ein lang gehegter Traum von kalbenden Gletschern, Walen und Braunbären.